圓覺經

中國佛教經典寶藏精選白話版

59

張保勝釋譯

星雲大師總監修

佛光山宗務委員會印行

總序

星雲

自讀首楞嚴，從此不嚐人間糟糠味；
認識華嚴經，方知己是佛法富貴人。

誠然，佛教三藏十二部經有如暗夜之燈炬，苦海之寶筏，爲人生帶來光明與幸福，古德這首詩偈可說一語道盡行者閱藏慕道，頂戴感恩的心情！可惜佛教經典因爲卷帙浩瀚，古文艱澀，常使忙碌的現代人有義理遠隔，望而生畏之憾，因此多少年來，我一直想編纂一套白話佛典，以使法雨均霑，普利十方。

一九九一年，這個心願總算有了眉目，是年，佛光山在中國大陸廣州市召開「白話佛經編纂會議」，將該套叢書訂名爲《中國佛教經典寶藏》。後來幾經集思廣義，大家決定其所呈現的風格應該具備下列四項要點：

一、啓發思想：全套《中國佛教經典寶藏》共計百餘册，依大乘、小乘、禪、淨、密等性質編號排序，所選經典均具三點特色：

1歷史意義的深遠性

2中國文化的影響性

3人間佛教的理念性

二、通順易懂：每冊書均設有譯文、原典、注釋等單元，其中文句鋪排力求流暢通順，遣辭用字力求深入淺出，期使讀者能一目瞭然，契入妙諦。

三、精簡義賅：以專章解析每部經的全貌，並且搜羅重要章句，介紹該經的精神所在，俾使讀者對每部經義都能透徹瞭解，並且免於以偏概全之誤謬。

四、雅俗共賞：《中國佛教經典寶藏》雖是白話佛典，但應兼具通俗文藝與學術價值，以達到雅俗共賞、三根普被的效果，所以每冊書均以題解、源流、解說等章節，闡述經文的時代背景、影響價值及在佛教歷史和思想演變上的地位角色。

茲值佛光山開山三十週年，諸方賢聖齊來慶祝，歷經五載、集二百餘人心血結晶的百餘册《中國佛教經典寶藏》也於此時隆重推出，可謂意義非凡，論其成就，則有四點可與大家共同分享：

一、佛教史上的開創之舉：民國以來的白話佛經翻譯雖然很多，但都是法師或居士個人的開示講稿或零星的研究心得，由於缺乏整體性的計劃，讀者也不易窺探佛法之堂奥。有鑑於此，《中國佛教經典寶藏》叢書突破窠臼，將古來經律論中之重要著作，作有系統的整理，爲佛典翻譯史寫下新頁！

二、傑出學者的集體創作：《中國佛教經典寶藏》叢書結合中國大陸北京、南京兩大名校的百位教授學者通力撰稿，其中博士學位者佔百分之八十，其他均擁有碩士學位，在當今出版界各種讀物中難得一見。

三、兩岸佛學的交流互動：《中國佛教經典寶藏》撰述大部份由大陸飽學能文之教授負責，並搜錄臺灣教界大德和居士們的論著，藉此銜接兩岸佛學，使有互動的因緣。編審部份則由臺灣和大陸學有專精之學者從事，不僅對中國大陸研究佛學風氣具有帶動啓發之作用，對於臺海兩岸佛學交流更是助益良多。

四、白話佛典的精華集粹：《中國佛教經典寶藏》將佛典裏具有思想性、啓發性、教育性、人間性的章節作重點式的集粹整理，有別於坊間一般「照本翻譯」的白話佛典，使讀者能充份享受「深入經藏，智慧如海」的法喜。

今《中國佛教經典寶藏》付梓在即，吾欣然爲之作序，並藉此感謝慈惠、依空等人百忙之中，指導編修；吉廣輿等人奔走兩岸，穿針引線；以及王志遠、賴永海等大陸教授的辛勤撰述；劉國香、陳慧劍等臺灣學者的周詳審核；滿濟、永應等「寶藏小組」人員的匯編印行。由於他們的同心協力，使得這項偉大的事業得以不負衆望，功竟圓成！

《中國佛教經典寶藏》雖說是大家精心擘劃、全力以赴的鉅作，但經義深邈，實難備盡；法海浩瀚，亦恐有遺珠之憾；加以時代之動亂，文化之激盪，學者教授於契合佛心，或有差距之處。凡此失漏必然甚多，星雲謹以愚誠，祈求諸方大德不吝指正，是所至禱。

一九九六年五月十六日於佛光山

編序

敲門處處有人應

《中國佛教經典寶藏》是佛光山繼《佛光大藏經》之後，推展人間佛教的百冊叢書，以將傳統《大藏經》菁華化、白話化、現代化爲宗旨，力求佛經寶藏再現今世，以通俗親切的面貌，溫渥現代人的心靈。

佛光山開山三十年以來，家師星雲上人致力推展人間佛教不遺餘力，各種文化、教育事業蓬勃創辦，全世界弘法度化之道場應機興建，蔚爲中國現代佛教之新氣象。這一套白話菁華大藏經，亦是大師弘教傳法的深心悲願之一。從開始構想、擘劃到廣州會議落實，無不出自大師高瞻遠矚之眼光，從逐年組稿到編輯出版，幸賴大師無限關注支持，乃有這一套現代白話之大藏經問世。

這是一套多層次、多角度、全方位反映傳統佛教文化的叢書，取其菁華，捨其艱澀，希望既能將《大藏經》深睿的奧義妙法再現今世，也能爲現代人提供學佛求法的方便舟筏。我們祈望《中國佛教經典寶藏》具有四種功用：

一、是傳統佛典的菁華書——中國佛教典籍汗牛充棟，一套《大藏經》就有九千餘卷，窮年皓首都研讀不完，無從賑濟現化人的枯槁心靈。《寶藏》希望是一滴濃縮的法水，既不失《大藏經》的法味，又能有稍浸即潤的方便，所以選擇了取精用弘的摘引方式，以捨棄龐雜的枝節。由於執筆學者各有不同的取捨角度，其間難免有所缺失，謹請十方仁者鑒諒。

二、是深入淺出的工具書——現代人離古愈遠，愈缺乏解讀古籍的能力，往往視《大藏經》爲艱澀難懂之天書，明知其中有汪洋浩瀚之生命智慧，亦只能望洋興歎，欲渡無舟。《寶藏》希望是一艘現代化的舟筏，以通俗淺顯的白話文字，提供讀者遨遊佛法義海的工具。應邀執筆的學者雖然多具佛學素養，但大陸對白話寫作之領會角度不同，表達方式與臺灣有相當差距，造成編寫過程中對深厚佛學素養與流暢白話語言不易兼顧的困擾，兩全爲難。

三、是學佛入門的指引書——佛教經典有八萬四千法門，門門可以深入，門門是無限寬廣的證悟途徑，可惜缺乏大衆化的入門導覽，不易尋覓捷徑。《寶藏》希望是一支指引方向的路標，協助十方大衆深入經藏，從先賢的智慧中汲取養分，成就無上的人生福澤。然而大陸佛教經「文化大革命」中斷了數十年，迄今未完全擺脫馬列主義之教條框框，《寶藏》在兩岸解禁前即已開展，時勢與環境尙有諸多禁忌，五年來雖然排除萬難，學者對部份教理之闡發仍有不同之認知角度，不易滌除積習，若有未盡中肯之辭，則是編者無奈之咎，至誠祈望碩學大德不吝垂教。

四、是解深入密的參考書——佛陀遺教不僅是亞洲人民的精神歸依，也是世界衆生的心靈寶藏，可惜經文古奧，缺乏現代化傳播，一旦龐大經藏淪爲學術研究之訓詁工具，佛教如何能紮根於民間？如何普濟僧俗兩衆？我們希望《寶藏》是百粒芥子，稍稍顯現一些須彌山的法相，使讀者由淺入深，略窺三昧法要。各書對經藏之解讀詮釋角度或有不足，我們開拓白話經藏的心意卻是虔誠的，若能引領讀者進一步深研三藏教理，則是我們的衷心微願。

在《寶藏》漫長五年的工作過程中，大師發了兩個大願力——一是將文革浩刧斷滅將盡的中國佛教命脈喚醒復甦，一是全力扶持大陸的老、中、青三代佛教學者。大師護持中國佛教法脈與種子的深心悲願，印證在《寶藏》五年艱苦歲月和近百位學者身上，是《寶藏》的一個殊勝意義。

謹呈獻這百冊《中國佛教經典寶藏》爲　師父上人七十祝壽，亦爲佛光山開山三十週年之紀念。至誠感謝三寶加被，龍天護持，成就了這一樁微妙功德，惟願《寶藏》的功德法水長流五大洲，讓先賢的生命智慧處處敲門有人應，普濟世界人民衆生！

目錄

題解

《圓覺經》，全名《大方廣圓覺修多羅了義經》。「大」是說此經所講之理是永恆的，普遍存在於一切事物當中，範圍廣大，大而無量無邊。所以「大」是從體得名。「方」是法則，從圓覺流出眞如、菩提、涅槃等，因爲圓覺是淸淨的，所以四大、六根、十二處、十八界、二十五有等都是淸淨的。所以「方」是從相得名。「廣」是多博的意思，一心一念有無限妙用，所以「廣」是從用得名。

《圓覺經》的體、相、用本來是圓滿無缺的，體沒有任何過失，是絕妙的眞理本體，所以體是佛的法身德；相橫窮豎遍，這是佛的般若德；用如恆河之沙，這是佛的解脫德。所以，「大方廣」是佛果三德。

佛果三德是針對三障而說，三障如下：㈠煩惱障。無限見、思、無明，障礙三菩提，見、思煩惱障實智菩提，塵煩惱障方便菩提，無明煩惱障眞性菩提；㈡業障。惡業、善業、有漏業、無漏業，障三解脫。有漏業障空解脫，無漏業障無相解脫，出假神通非有漏非無漏亦有漏亦無漏業，障無作解脫；㈢報障。人界、天界有情衆生的分段生死和變易生死，障礙三涅槃，六凡（地獄、餓鬼、畜生、阿修羅、人、天）同居分段生死障礙圓淨解脫，二乘方便變易生死，障礙方便淨涅槃，各大菩薩實報變易生死障礙性淨涅槃。

煩惱與菩提不二，因為煩惱和菩提相待而成立，離煩惱無菩提，離菩提無煩惱。依此類推，三業與三解脫不二，生死與涅槃不二。菩提是相大，解脫是用大，生死之苦即法身，法身是體大。這種衆生法就是心法，也就是佛法，並不是衆生法以外另有心法、佛法，也不是佛法以外另有心法和衆生法，所以在一衆生法中能夠見到一切衆生法、一切佛法和一切心法。衆生法、佛法、心法都是大方廣法，所以心、佛、衆生三無差別。對於「大方廣」的解釋至此終。

以下解釋圓覺，「圓」是周遍，即圓覺妙心變幻一切，一切事物當中都有圓覺妙心。「覺」是沒有分別妄想，絕思絕慮，就是法身佛，正如《大乘起信論》所說的：「所言覺義者，謂心體離念。離念相者，等虛空界，無所不遍，法界一相，即是如來平等法身。依此法身說明本覺。」

修多羅是梵文Sūtra的音譯，意譯為經或契經，契有契理、契機的意思，契理是契合中道實理，契機是契合衆生根機。說明究竟顯了教法的佛經稱為了義經，未了未盡之經是不了義經，大乘佛經是了義經，小乘佛經是不了義經。本經是大乘佛經，所以是了義經。

本經的內容是佛回答十二位菩薩提出的問題，所以分爲十二章：第一章〈文殊章〉，說明由圓覺法門流出眞如、菩提、涅槃、波羅蜜等；第二章〈普賢章〉，說明圓覺境界的修行方便法門，知幻即離，離幻即覺；第三章〈普眼章〉，說明修習圓覺，應當首先修止；第四章〈金剛藏章〉，說明先斷無始輪迴的根本；第五章〈彌勒章〉，說明愛欲是輪迴的根本；第六章〈清淨慧章〉，說明在除滅一切幻化位中，有凡夫隨順覺性、菩薩未入地者隨順覺性、菩薩已入地者隨順覺性、如來隨順覺性之別；第七章〈威德自在章〉，說明依據衆生的根性而有三種修行方便法門：奢摩他、三摩鉢提和禪那；第八章〈辨音章〉，說明二十五種清淨定輪的修行方法；第九章〈淨諸業障章〉，說明覺性本淨，由於我、人、衆生、壽命四相，不能入清淨覺海；第十章〈普覺章〉，說明要想求得圓覺，應當消除作、止、任、滅四種病相；第十一章〈圓覺章〉，說明修大圓覺者，通過長、中、短三種安居方法，修行奢摩他、三摩鉢提、禪那三觀；第十二章〈賢善首章〉，列舉此經五名：大方廣圓覺陀羅尼、修多羅了義、秘密王三昧、如來決定境界、如來藏自性差別。日本佛教學者鳳潭，把此五名與五性相配：㈠大方廣圓覺陀羅尼——凡夫性；㈡修多羅了義——二乘性；㈢秘密王三昧——菩薩性；㈣如來決定境界——如來性；㈤如來藏自性差別——外道性。

關於本經的譯者、翻譯時間，佛教經典的記載很不一致，《開元釋教錄》卷九、《續古今譯經圖記》、《貞元新定釋教目錄》卷十二和宗密的《圓覺經大疏》卷上都認爲本經的譯者是北印度罽賓國的佛陀多羅（Buddhatrāta，意譯覺救），但是，宗密的《大疏鈔》卷四卻認爲譯者是羅睺曇犍。

關於本經的翻譯年代，宗密的《大疏鈔》認爲是貞觀二十一年（公元六四七年），《宋高僧傳》卷二卻載爲長壽二年（公元六九三年）。智昇的《開元釋教錄》對此提出疑問：「沙門佛陀多羅，唐云覺救，北印度罽賓人也，於東都白馬寺譯《大方廣圓覺了義經》一部，此經近出，不委何年。且弘道爲懷，務甄詐妄，但眞詮不謬，豈假具知年月耶？」宗密《大疏鈔》的記載，與此完全不同，此文稱：「余又於豐德寺雜經中，見一本《圓覺經》，年多蟲食，悉已破爛，經末兩三紙才可識破，後云貞觀二十一年歲次丁未，七月乙酉朔十五日已亥，在潭州寶雲道場譯了，翻譯沙門羅睺曇犍乃至，然未詳眞虛，或恐前已曾譯，但緣不能聞奏，故滯於南方，不入此中藏，不然者即是詐謬也。」這種記載和《開元釋教錄》記載的譯者、時間、地點都不一樣，這是同本異譯呢，還是僞經呢？至今沒有定論。

在《圓覺經要解》卷二，於〈賢善首章〉有一偈頌：

> 是經諸佛說，如來守護持，十二部眼目，名為大方廣圓覺陀羅尼。顯如來境界，歸依增進者，必至於佛地，如百川海納，飲者皆充滿。假使積七寶，滿大千布施，不如聞此經。若化河沙衆，皆得阿羅漢，不如聞半偈。汝等末世衆，護持盡宣說，一圓一切圓，一覺一切覺。

對於本頌，學術界懷疑是後人插入，所以，金陵刻經處本未錄。

儘管《圓覺經》存有這麼多疑點，但佛教徒和佛教學者都認爲本經「眞詮不謬」，講的是大乘佛教義理，並對中國佛教華嚴宗、天台宗、禪宗、密宗產生過巨大影響，這在〈源流〉中將作詳細論述。

根據宗密的《大疏鈔》，宗密以前關於本經的疏釋主要如下：京報寺惟慤法師的《圓覺經疏》一卷、先天寺悟實禪師的《疏》二卷、薦福寺堅志法師的《疏》四卷、北京海藏寺道詮法師的《疏》三卷。皆佚。

現存的宗密疏共五種：《圓覺經大疏》十二卷、《圓覺經大疏鈔》二十六卷、《圓覺經略疏》四卷、《圓覺經略疏鈔》十二卷、《圓覺經略疏科》一卷、《道場修證儀》十八卷。

宋代疏釋主要如下：宋淨源的《圓覺經道場略本修證義》一卷、宋觀復的《圓覺經鈔辨疑誤》二卷、宋復庵的《圓覺經類解》八卷、宋孝宗的《御註圓覺經》二卷、宋清遠的《圓覺經疏鈔隨文要解》十二卷、如山的《圓覺經略疏序註》一卷、宋古雲元粹的《圓覺經集註》二卷、宋智聰的《圓覺經心鏡》六卷、宋周琪的《圓覺經夾頌集解講義》十二卷。

明清的疏釋主要如下：明寂正的《圓覺經要解》二卷、明德清的《圓覺經直解》二卷、明通潤的《圓覺經近釋》六卷、明焦竑的《圓覺經精解評林》卷上、清弘麗的《圓覺經句釋正白》六卷、清淨挺的《圓覺經連珠》一卷、清通理的《圓覺經析義疏大義》一卷、《圓覺經析義疏上懸示》一卷、《圓覺經析義疏》四卷。

日本的疏釋主要如下：東大寺實撰著《圓覺經大疏鈔要文》三卷、葛藤著《圓覺經略疏助爹鈔》七卷、鳳潭著《圓覺經集注日本訣》五卷、光謙著《圓覺經集註俗談》

二卷、宜譽義海著《圓覺經略疏聞書》四卷、普寂著《圓覺經義疏》二卷、敬雄著《圓覺經集註遊刃鈔》一卷、隨慧著《圓覺經集註聞誌》三卷、曇空著《圓覺經助讀》一卷、裕察本阿著《圓覺革講錄》二卷、南都出歟著《圓覺十問答》一卷、《圓覺經採要鈔》二卷、《圓覺經記聞罔殆鈔》二卷。

華嚴宗五祖宗密（公元七八〇——八四一年）對弘揚《圓覺經》作出重要貢獻。他俗姓何，果州西充（今屬四川）人，其家富有，他從小就讀儒書，因爲他出家以後，常住陝西省鄠縣圭峰草堂寺，所以世稱「圭峰大師」。元和二年（公元八〇七年），偶謁遂州道圓禪師，即從其出家受教，同年又從拯律師受具足戒。後從某病僧學習華嚴宗四祖澄觀（公元七三八——八三九年）的《華嚴經疏》，感到心地開通，即到長安華嚴寺從澄觀學習華嚴教義。後遊五台山，不久後又回到圭峰從事著作，先後著有《華嚴經行願品別行疏鈔》、《華嚴原人論》、《注華嚴法界觀門》、《注華嚴法界觀科文》、《華嚴心要法門注》、《禪源諸詮集都序》、《禪門師資承襲圖》等，另有關於《圓覺經》的注釋多種。大和九年（公元八三五年），唐文宗詔入內殿，問佛法大意，賜紫方服，號大德。卒後，唐宣宗追謚「定慧禪師」。

宗密不僅弘揚華嚴宗教義，也弘揚禪宗教義，認為禪教一致。如《禪源諸詮集都序》稱：「若頓悟自心本來清淨，原無煩惱，無漏性智本自具足，此心即佛，畢竟無異。依此而修者，是最上乘禪，亦名如來清淨禪。」從此可以明顯見到《圓覺經》的影響，這裡的「此心」就是《圓覺經》的圓覺妙心。

《圓覺經》的版本如下：《磧砂藏》本、《龍藏》本、《頻伽藏》本、《大正藏》本和金陵刻經處本。近人校勘的金陵刻經處本最佳，所以本書以金陵刻經處本為底本。

經典

1 文殊章

譯文

我（阿難）聽佛是這樣說的：某時，佛入於神通大光明藏中，修禪定而得正受，所有的佛，永恆具有這光明莊嚴的境界。這是各位衆生的清淨覺悟之地，身、心都已寂滅，都一律平等地處於本來實際之地，圓足充滿十方，隨順不二之境。於不二之境，顯現各種淨土。

與大菩薩摩訶薩十萬人在一起，其名爲文殊師利菩薩、普賢菩薩、普眼菩薩、金剛藏菩薩、彌勒菩薩、清淨慧菩薩、威德自在菩薩、辨音菩薩、淨諸業障菩薩、普覺菩薩、圓覺菩薩、賢善首菩薩等而爲上首，並與他們的眷屬都入三昧，一起在如來平等法會上。

於是，在廣大徒衆中的文殊師利菩薩，立即從座位上站起來，向佛足頂禮，向右繞三圈，長跪合掌，告訴佛說：大慈大悲的世尊啊！請您爲各位來此平等法會求法的大衆們，並爲末法時期的一切有情衆生，講一講如來的本起清淨和因地法門，並講一講菩薩於大乘教法中，發起清淨心，消除各種疾病，能夠使未來末法時期的衆生求學大乘教法者，不至於墮落於邪見。講完以後，五體投地。如是反復請求三次，懇求世尊的教誨。

原典

如是我聞❶，一時婆伽婆❷入於神通❸大光明藏❹，三昧❺正受❻，一切如來❼光嚴住持❽。是諸衆生❾清淨❿覺地⓫，身、心寂滅，平等本際⓬，圓滿十方⓭，不二⓮隨順，於不二境現諸淨土⓯。

與大菩薩⓰摩訶薩⓱十萬人俱，其名曰文殊師利菩薩、普賢菩薩、普眼菩薩、金剛藏菩薩、彌勒菩薩、清淨慧菩薩、威德自在菩薩、辨音菩薩、淨諸業障菩薩、普覺菩薩、圓覺菩薩、賢善首菩薩等而爲上首⓲，與諸眷屬⓳皆入三昧，同住如來平等⓴法會㉑。

於是，文殊師利㉒菩薩在大衆中，即從座起，頂禮㉓佛足，右繞㉔三匝㉕，長跪叉手而告佛言㉖：大悲㉗世尊㉘！願爲此會諸來法衆，說於如來本起清淨㉙，因地㉚法行，及說菩薩於大乘㉛中發清淨心，遠離諸病，能使未來末世㉜衆生求大乘者，不墮邪見㉝。作是語已，五體投地，如是三請，終而復始。

注釋

❶**如是我聞**：佛經是佛入滅後，由「多聞第一」的佛弟子阿難在結集會上誦出。「如是」是經中佛語，「我聞」是阿難親自聽聞。釋迦牟尼佛臨涅槃時告訴徒衆：爲了取信於人，一切佛經卷首都加「如是我聞」四字。

❷**婆伽婆**：梵文Bhagavat的音譯，另譯薄伽梵，意譯世尊，佛的尊號之一，意謂佛深受世人尊敬。據憨山德清撰《圓覺經直解》，婆伽婆具六義：一、自在。佛已經滅除煩惱，身心自由自在；二、熾盛。佛的功德智德，如火炬一般熾烈強盛；三、端嚴。佛具三十二相八十種好，端正莊嚴；四、名稱。佛名揚十方，稱頌無盡；五、吉祥。佛能夠滅罪消障，賜福延齡，吉祥如意；六、尊貴。佛於世間和出世間都尊重珍貴。因具此六意，根據玄奘「多含不翻」的原則，所以Bhagavat一般採取音譯，而不採取意

譯。

❸**神通**：梵文Abhijñā的意譯，另譯神通力、神力、通力等。通過修禪所得到的一種神秘力量，一般講有六種神通：一、神足通。亦稱神境智證通、神境通、身如意通、身通等，意思是能夠飛天入地，出入欲、色、無色三界，變化自在；二、天眼通。亦稱天眼智證通、天眼智通等，能夠看見六道衆生死此生彼及苦樂境況，能夠看見世間一切形相；三、天耳通。又稱爲天耳智證通、天耳智通等，能夠聽見六道衆生苦樂憂喜之聲和人世間的各種聲音；四、他心通。又稱爲他心智證通、知他心通等，能夠知道六道衆生的心想之事；五、宿命通。又稱爲宿住隨念智證通、宿住智通、識宿命通等，能夠知道自身一世二世三世乃至百千萬世的宿命及所作之事，也能夠知道六道衆生的宿命和所作之事；六、漏盡通。又稱爲漏盡智證通，能夠斷除一切煩惱惑業，永遠擺脫生死輪迴。這六種神通以慧爲體，前五種神通通過四禪可以得到，一般人都可以得到。第六通只有佛才能獲得。

❹**大光明藏**：通過修行，第八識阿賴耶識轉成大圓鏡智的偉大光明境界，也是每人具有的自心本性。佛入大定，顯此本性，神通光明無窮無盡，所以稱之爲「藏」。

❺**三昧**：梵文Samādhi的音譯，另譯三摩提、三摩等，意譯爲定、正受、調直定、正心行處、息慮凝心等。心定於一處而不動，所以稱爲定；正確感受所觀之法，所以稱爲正受；調心之暴，直心之曲，定心之散，所以稱爲調直定；調正心之行動，使之合於佛法之依處，所以稱爲正心行處；息止緣慮，凝結心念，所以稱爲息慮凝心。

❻**正受**：禪定異名，因爲定心遠離邪念，所以稱爲正；因爲禪定之境無念無想，納法於心，所以稱爲受。不受諸受，自受法樂之處。三昧即正受，即正定境界，禪靜入定，有八萬四千不同的境界，神通大光明藏三昧正受是其中之一。只有大徹大悟，將第八識阿賴耶識轉成大圓鏡智成佛以後，才有這三昧正定。

❼**如來**：梵文Tathāgata的意譯，音譯多陀阿伽陀，佛的十號之一。「如」即佛教的絕對眞理眞如，乘眞如的如實道從因至果而成正覺，所以稱爲如來，這是法身如來。佛乘眞如道而來三界垂化，這是應身如來。一般認爲有二種如來：一、出纏如來。佛於出障因果之位稱爲出纏如來；二、在纏如來。佛來人世，在一切有情衆生的纏垢之中。天台宗依據《大智度論》卷二，認爲有三如來：一、法身如來。法身眞如之境，遍一切處而無差別；二、報身如來。乘如實道而如法相之解，這是從智而來；三、應身如

來。佛來三界說法。

❽**住持**：「住」意謂常住不滅，「持」意謂持而不失。合而言之，其意如下：悟道者護持正法，永恆不變，後演變爲寺廟方丈。

❾**衆生**：梵文Sattva的意譯，另譯有情，音譯僕呼善那。有三義：一、衆人共生之義。據《中阿含》卷十二，劫初之時，男女尊卑之衆共生於世，所以稱爲衆生；二、衆多之法，假和合而生。人身是由色、受、想、行、識五蘊虛假和合而成；三、經衆多之生死，所以稱爲衆生。一切有情，生而死，死而生，生生世世，永遠受苦。

❿**清淨**：沒有惡行過失，沒有煩惱垢染，這種境況稱爲清淨。一般來說有三種清淨：一、身業清淨，二、語業清淨，三、意業清淨。

⓫**覺地**：佛與衆生都平等具有的眞妄不二之境，即一眞法界。

⓬**本際**：佛、菩薩及衆生的本來眞際，都是圓滿清淨的。

⓭**十方**：佛經稱東、南、西、北、東南、西南、東北、西北、上、下爲十方。

⓮**不二**：一實之理，如如平等，沒有彼此之別，這就稱爲不二。《大乘義章》卷一稱：「言不二者，無異之謂也，即是經中一實義也。一實之理，妙寂離相，如如平等，亡

於彼此，故云不二。」

⓯**淨土**：聖者所居住的國土，沒有五濁：劫濁、見濁、煩惱濁、衆生濁、命濁，所以稱爲淨土。《大乘義章》卷十九稱：「經中或時名佛地，或稱佛界，或云佛國，或云佛土，或復爲淨剎、淨首、淨國、淨土。」

⓰**菩薩**：梵文菩提薩埵（Bodhisattva）之略，意譯覺有情、道衆生、道心衆生等，修大乘六度，求無上菩提，救度衆生，於未來成就佛果的修行者，與聲聞、緣覺並稱爲三乘。菩薩的修行稱爲菩薩行。有時把著名的大乘論師稱爲菩薩，如龍樹、世親等，都稱爲菩薩。

⓱**摩訶薩**：梵文音譯摩訶薩埵（Mahāsattva）之略，意譯大心、大衆生、大有情等，意謂有心成佛的衆生，菩薩的通稱。摩訶（Mahā）意謂大，即此等衆生信大法、解大義、發大心、趣大果、修大行、證大道。此中之「大」是指地上菩薩。

⓲**上首**：大衆之主位，首座爲上首。或舉其中一人爲上首，或舉多人爲上首。各經不同，如《無量壽經》一萬二千比丘衆中舉三十一位比丘爲上首，《觀無量壽經》三萬二千菩薩衆中舉文殊師利一人爲上首。

⑲**眷屬**：上首護念稱爲眷，攝令從道稱爲屬。天台宗認爲：接受如來教化者，協助如來進行教化者，都是如來眷屬。有五種眷屬：一、理性眷屬，二、業生眷屬，三、願生眷屬，四、神通眷屬，五、應生眷屬。

⑳**平等**：無高下淺深等差別，稱爲平等。《五燈會元》稱：「天平等，故常覆；地平等，故常載；日月平等，故四時常明；涅槃平等，故聖凡不二；人心平等，故高低無諍。」

㉑**法會**：說法或供佛施僧的集會，稱爲法會。

㉒**文殊師利**：梵文Mañjuśrī的音譯，另譯曼殊師利，略稱爲文殊，意譯妙德、妙吉祥等。中國佛教的四大菩薩之一，相傳說法道場在山西省的五台山。他是釋迦牟尼佛的左脅侍，專司智慧，常與司理的右脅侍普賢並稱。頂結五髻，手持寶劍，表示智慧銳利，塑像多騎獅子，表示智慧威猛。

㉓**頂禮**：行五體投地禮，兩手兩足著地，額頭碰到對方的脚面，以己之尊敬彼所卑，這是最高的佛教禮節。

㉔**右繞**：梵文Pradakṣina的意譯，音譯鉢喇特崎拏。因爲佛的眉間白毫是右旋，所以右繞是隨順佛法，意味著吉祥如意。

㉕**三匝**：據宗密著《圓覺經略疏》卷上之一，三匝意味著佛之一體代表三寶（佛、法、僧）、三身（佛身、報身、應身）、三德（法身德、般若德、解脱德）等。

㉖據諦閑著《圓覺經講義》卷上，本段是具儀，具儀不外三業：起座禮足是身業恭，繞佛三匝是意業誠，叉手白佛是口業敬。

㉗**大悲**：梵文Karuṇā的意譯，同情他人之苦而欲救濟之心稱為悲。常與慈連用，《大乘義章》卷十一稱：「愛憐名慈，惻愴曰悲。」「慈能與樂，悲能拔苦。」佛和菩薩的悲心廣大，所以稱爲大悲。

㉘**世尊**：梵文Bhagavat的意譯，音譯薄伽梵或婆伽婆，原爲婆羅門教徒對長者的尊稱，佛教徒沿用，用以尊稱教主釋迦牟尼佛，因爲佛具有各種高品德，爲世欽重，所以稱爲世尊。

㉙**本起清淨**：指佛在凡夫時最初發心之因地。清淨心即菩提心，意欲直取無上菩提，不爲人天有漏、二乘無漏所混擾，所以稱爲清淨。

㉚**因地**：修行佛道之位，對於成佛之位爲果地或果上而名。

㉛**大乘**：梵文Mahāyāna的意譯，音譯摩訶衍那，「乘」爲乘載，大乘意謂運載多數人

渡過苦海，達到涅槃彼岸。公元一世紀成立的佛教派別，把以前的部派佛教貶稱爲小乘，意思是只能運載少數人渡過苦海。小乘佛教只求自己的解脱，大乘佛教提倡普度衆生。大乘佛教有三個發展時期：一、初期大乘。約一世紀至五世紀，即龍樹及其弟子提婆創立的中觀學派；二、中期大乘。約五世紀至六世紀，即無著、世親創立瑜伽行派，又稱爲唯識學派；三、後期大乘。即七世紀至十三世紀的密教時期。

㉜**末世**：佛教三時（正、像、末）之一，正法時期的佛教具有教（佛的教誨）、行（修行）、證（證悟），像法時期的佛教只有教、行，而無證。末法時期的佛教只有教，而無行、證。一般認爲正法五百年，像法一千年，末法一萬年。

㉝**邪見**：五見（薩迦耶見、邊執見、邪見、見取見、戒禁取見）之一，否定因果報應的見解。從廣義上來説，凡是錯誤的見解，都可以稱爲邪見。

譯文

這時候，世尊告訴文殊師利菩薩説：好啊！好啊！善男子啊！你能爲各位菩薩，詢問如何成佛的修行法門，以及爲末世求大乘道的衆生們，得到正法，永久保持在世間，使衆生不致於墮入邪見之中。你現在仔細聽，我應當爲你解說。

這時候，文殊師利菩薩聽到釋迦牟尼佛答應說法以後，非常高興，其他大衆也靜靜地恭聽。

善男子！無上法王有大陀羅尼門稱爲圓覺，從中流出一切清淨、眞如、菩提、涅槃和波羅蜜，教授歷代菩薩。一切如來的本起因地，都是依圓照清淨覺相，方能永遠斷除無明，只有這樣，才能成就佛道。

文殊菩薩問：什麼是無明呢？

佛回答說：善男子！一切衆生從無始以來，有各種各樣的錯誤，猶如迷惑之人，辨別不清方向，錯把南方作北方，誤將東方作西方等，錯誤地認爲四大爲自身之相，於六塵之境現起能緣的影子，作爲自己心之實相，就如某人害眼病，見到空中花和第二個月亮一樣。

善男子！空中實際上沒有花，但害病者生起妄執。由於妄執的緣故，不僅是對這虛空自性迷惑不解，對那花的實際生處也迷惑不解。由於有這種妄執而有輪轉生死，所以稱爲無明。

善男子！所說的這種無明，並不是實有其體。如正在作夢的人，作夢的時候，夢中物並不是沒有，到醒以後，才明白都無所有。如各種空花息滅於虛空，不能說有定滅處。爲什麼呢？因爲本來就沒有生處。一切衆生，在無生當中，虛妄地見到生滅，所以稱爲輪轉生死。

原典

爾時，世尊告文殊師利菩薩言：善哉❶！善哉！善男子❷，汝等乃能爲諸菩薩咨詢如來因地法行，及爲末世一切衆生求大乘者，得正住持，不墮邪見。汝今諦聽，當爲汝說。

時文殊師利菩薩奉教歡喜，及諸大衆默然而聽。

善男子！無上法王❸有大陀羅尼門❹名爲圓覺❺，流出一切清淨、眞如❻、菩提❼、涅槃❽及波羅蜜❾，教授菩薩，一切如來本起因地，皆依圓照清淨覺相，永斷無明❿，方成佛道⓫。

云何無明？

善男子！一切衆生從無始來，種種顚倒⑫，猶如迷人四方易處，妄認四大⑬爲自身相，六塵⑭緣影爲自心相，譬彼病目見空中華⑮及第二月⑯。

善男子！空實無華⑰，病者妄執⑱。由妄執故，非唯惑⑲此虛空⑳自性㉑，亦復迷彼實華生處㉒。由此妄有，輪轉㉓生死，故名無明。

善男子！此無明者，非實有體。如夢中人，夢時非無，及至於醒，了無所得。如衆空華，滅於虛空，不可說言有定滅處㉔。何以故？無生處故。一切衆生於無生中，妄見生滅，是故說名輪轉生死。

注釋

❶**善哉**：梵文Sādhu的意譯，音譯娑度，其意爲「好」。佛經裡的讚歎之辭。

❷**善男子**：佛教稱在家、出家男性教徒爲善男子，「善」意味著信佛聞法。

❸**無上法王**：對佛的尊稱，因爲佛悟最上乘法，爲萬法之主，更無在其上者，所以稱爲無上法王。

❹**大陀羅尼門**：陀羅尼是梵文Dhāraṇī的音譯，另譯陀羅那、陀鄰尼，意譯爲持、總持

等，有能持、能遮二義，能持是使善法不失，能遮是使惡法不生。有四種陀羅尼：一、法陀羅尼。又稱為聞陀羅尼，聽聞佛法而不忘失；二、義陀羅尼。對於諸法之義總持而不忘失；三、咒陀羅尼。於咒總持而不忘；四、忍陀羅尼。安住於諸法實相謂之「忍」。持忍就是忍陀羅尼。「大」意謂咒語多，功德大。「門」有入出義，悟入佛法圓覺之體，流出各種善法。大陀羅尼門是八萬四千法門的根本。

❺**圓覺**：一切有情衆生都有本覺或眞心，自無始以來，常住清淨，昭昭不昧，了了常知，約於體，而謂為一心；約於因，而謂為如來藏；約於果，而謂為圓覺。圓覺是圓滿靈覺的意思。圭峰〈大方廣圓覺修多羅了義經序〉稱：「萬法虛僞，緣會而生，生法本無，一切唯識，識如幻夢，但是一心，心寂而知，目之為圓覺。」

❻**眞如**：梵文Tathātā或Bhūtatathātā的意譯，另譯如、如如等，意謂事物的眞實情況或眞實屬性。與性空、無為、實相、法界、法性、實際、實相、佛性、法身等同義。《成唯識論》卷九解釋說：「眞謂眞實，顯非虛妄；如謂如常，表無變易。謂此眞實，於一切位，常如其性，故曰眞如……此性即謂唯識實性。」《大乘起信論》把原本具有佛教全部功德而又永恆不變的「眞心」當作眞如，又稱為如來藏、如來法身等。

❼**菩提**：梵文Bodhi的音譯，意譯爲覺，是成佛的覺悟，所覺之境有事、理二法，「理」爲涅槃，斷煩惱障而證涅槃的一切智，是通三乘的菩提。「事」是指一切有爲諸法，斷所知障而知諸法實相的一切種智。

❽**涅槃**：梵文Nirvāna的音譯，意譯爲滅度、寂滅等；或者稱爲般涅槃、般泥洹，意譯爲圓寂。佛教修行所要達到的最高理想境界。涅槃意味著斷除生死輪迴，斷除一切煩惱痛苦。《大乘起信論》稱：「以無明滅故，心無有起；以無起故，境界隨滅；以因緣俱滅故，心相皆盡，名得涅槃。」小乘佛教以「灰身滅智，捐形絶慮」爲涅槃，大乘中觀以實相爲涅槃，世間與涅槃没有區別。《大般涅槃經》認爲涅槃有常、樂、我、淨四德。涅槃的分類很多，一般分爲有餘涅槃和無餘涅槃兩類。

❾**波羅蜜**：梵文Pāramitā的音譯，全譯波羅蜜多，意譯到彼岸、度彼岸、度無極、度等，意謂從生死此岸到達涅槃彼岸。大乘佛教以六項修練内容爲到達涅槃彼岸的方法或途徑，稱爲六波羅蜜或六度：布施、持戒、忍辱、精進、禪定、般若，唯識宗把六波羅蜜多中的般若擴張爲方便善巧、願、力、智等四波羅蜜，合爲十波羅蜜，作爲菩薩所修的勝行，再配菩薩十地，説明修行次第。

⑩**無明**：梵文Avidyā的意譯，又稱爲「癡」（Moha），即愚癡。有時與惑連用，稱爲愚惑。十二因緣之首、三毒之一、根本煩惱之一。意思是愚昧無知，不懂得佛教四諦、三寶和業果報應。《大乘起信論》稱：「以一切法本來唯心，實無於念，而有妄心，不覺起念，見諸境界，故說無明。」對事物的虛妄分別，統稱爲無明。因爲有這無明的虛妄分別，才有這世俗世界。由此說明「心生則種種法生，心滅則種種法滅」。

⑪**佛道**：即菩提（Bodhi），新譯爲覺，舊譯爲道。道爲通義，佛智圓通無礙，所以稱之爲道，道有三種：一、聲聞所得，二、緣覺所得，三、佛之所得。佛所得無上菩提，稱爲佛道。第二義：因行而稱爲道，成佛的途徑稱爲佛道。《大乘義章》卷十八稱：「地論言：道者是因，修行此道，能到聖處，名爲聖道。」

⑫**顛倒**：由於無明而生的錯誤認識。一般來說有八顛倒，即凡夫四顛倒和二乘四顛倒。凡夫四顛倒如下：一、常顛倒。把世間的無常之法誤認爲常法；二、樂顛倒。誤認世間之苦爲樂；三、淨顛倒。誤認世間不淨法爲淨法；四、我顛倒。誤認世間無我法爲我。二乘顛倒如下：一、無常顛倒。誤認涅槃之常爲無常；二、無樂顛倒。於涅槃之樂而爲無樂；三、無我顛倒。於涅槃之我而爲無我；四、無淨顛倒。於涅槃之淨而爲

無淨。

⑬**四大**：梵文Caturmahābhūta的意譯，又稱爲四界，即地、水、火、風四種構成色法的基本原素。因爲四大能夠造作各種色法，所以稱爲「能造四大」，被造作的色法稱爲「四大所造」。四大的屬性分別是堅、濕、暖、動，其作用分別是持（保持）、攝（攝集）、熟（成熟）、長（生長）。

⑭**六塵**：即眼、耳、鼻、舌、身、意六種感覺器官所緣取的六種外境：色、聲、香、味、觸、法，因爲這六種外境像塵埃一樣染污人們的情識，所以稱爲六塵。因爲這六塵能夠把人們引入迷妄，所以又稱爲六妄。又因爲它們能夠使善法衰滅，所以又稱爲六衰。因爲它們能夠劫持善法，所以又稱爲六賊。六塵屬於十二處的外六處，屬於十八界的六境。

⑮**空中華**：梵文khapuṣpa的意譯，害眼病者，在空中見有花，實際上空中無花。以此譬喻說明妄心所執皆無實體。

⑯**第二月**：害眼病者見到第二個月亮，以此譬喻說明世間之物似有非有，都是幻有，都無實體。

⑰**空實無華**：也含無二月，意思是說，本覺性中，只有如如智和如如理，即智亦如，理亦如，一如無二如，猶如淨明眼見晴明空，只有晴虛，迥無所有，既沒有四大之身相，沒有緣影之心相。所以認爲有身心，都是由於無明妄見而有，空花二月都是因爲害眼病似見而有，所以是病者妄執。

⑱**妄執**：意謂虛妄之執念，又執著虛妄之法，持而不離稱爲執。

⑲**惑**：迷妄之心迷於所對之境，對事理作顚倒錯誤的認識，這就稱爲惑。貪、瞋等煩惱的總名也稱爲惑。

⑳**虛空**：無的別稱，虛無形質，空無障礙，所以稱爲虛空。虛空有十義：一、無障礙義，二、周遍義，三、平等義，四、廣大義，五、無相義，六、清淨義，七、不動義，八、有空義，九、義空空（離空之執著，爲空之空），十、無得義。

㉑**自性**：梵文Svabhāva的意譯，音譯私婆婆，意謂事物的不變不改之性，不依賴於任何事物而獨立存在的屬性。佛教認爲這種自性是不存在的。

㉒**迷彼實華生處**：法身本無身心之相，就如虛空本來無花一樣，現在誤認爲四大爲身，如果認爲空花實有，這是由於虛妄執著，不僅對本來的法身迷惑不解，也不知道虛妄

之身從無明而有，所以稱爲「迷彼實華生處」。

㉓**輪轉**：與輪迴同義，有情衆生在三界大道輪轉生死，不斷受苦。

㉔**不可說言有定滅處**：因爲生死是迷妄中的顛倒，如夢中的事情一樣，醒後就知道是空。因爲本來沒有生，也就沒有滅，所以，就如空華一樣，沒有定滅之處。

譯文

善男子！於如來因地，修行圓覺的人們，知道是空中之花，就沒有輪迴了，也沒有身心接受那種生死，並不是造作而空，其本性是空。

那種知覺之境，就像虛空一樣。知虛空之智，即空花之相，也不能說是沒有知覺性，有和無都遣除掉，這就稱爲隨順淨覺。

爲什麼呢？因爲虛空之性，因其永恆不動，因爲如來藏中沒有生起和消滅，沒有知見，如法界之性，普遍存在於十方，這就稱爲因地法行。

菩薩因此於大乘法中，發清淨心。末世衆生依據佛的這種教誨修行，不會墮入邪見。

這時候，世尊爲了重新宣講這種意思，就以偈頌說：

文殊菩薩！你應當知道：所有的一切三世諸佛，其修行都是從根本因地起步，都是以般若智慧覺悟，知了通達無明，知道它就如空中花朵一樣，這就能夠免除流轉生死。又如正在作夢的人，醒後夢中事物都不存在了。得到覺悟的人，認爲萬事萬物就如虛空一樣，平等不二從不動轉，若覺悟到法性是普遍充滿十方世界的，這樣就成就了佛道。各種妄想息滅而無處所，成道也不可得。因爲本性圓滿，菩薩在此當中，能夠發起菩提心。末法時期的各類衆生，依此修行，不會墮於邪見。

原典

善男子！如來因地修圓覺者，知是空華，即無輪轉，亦無身心受彼生死❶，非作故無，本性❷無故。

彼知覺者，猶如虛空，知虛空者，即空華相，亦不可說無知覺性。有、無❸俱遣，是則名爲淨覺❹隨順。

何以故？虛空性故，常不動故，如來藏❺中無起滅故，無知見故，如法界❻性，究竟圓滿遍十方故，是則名爲因地法行。

菩薩因此於大乘中，發淸淨心。末世衆生依此修行❼，不墮邪見。

爾時，世尊欲重宣此義，而說偈❽言：

文殊汝當知，一切諸如來，從於本因地，皆以智慧❾覺❿。了達⓫於無明，知彼如空華，即能免流轉；又如夢中人，醒時不可得。覺者如虛空，平等不動轉，覺遍十方界。即得成佛道。衆幻滅無處，成道亦無得，本性圓滿故。菩薩於此中，能發菩提心；末世諸衆生，修此免邪見。

注釋

❶**生死**：一切有情衆生，因其業惑，生了死，死了生，生生死死不斷受苦。生死有多種分類，最常見的是二種生死：一、分段生死。一切有情衆生，由於有漏善業和不善業，在三界六道的果報生死，其身果報有分分段段之別，所以稱爲分段生死；二、不思議變易生死。阿羅漢以上聖者之生死，「不思議」是其業用神妙而不測。「變易」意謂

無形色之勝劣，無壽期之長短，只是迷惑之思想漸減，證悟漸增，這種迷惑的遷移稱爲變易。又可以解釋爲心神念念相傳，前後變易。又可以解釋爲各位聖者所得法身，神化自在，能變能易，所以稱爲變易。

❷**本性**：本來故有之性德。

❸**有無**：有二釋：一、有法和無法。如說一切有部的五位七十五法和大乘唯識的五位百法，都是有法，龜毛兎角都是無法。二、有法是常見，即有我法之見；無見是斷見，即無我法之見。此中用第一釋。

❹**淨覺**：清淨無煩惱之覺悟。

❺**如來藏**：梵文Tathāgatagarbha的意譯，一切有情衆生藏有本來清淨的如來法身或佛性，據世親著《佛性論．如來藏品》，有三種解釋：一、所攝。世間一切有情衆生都爲如來之性所攝，所以一切衆生都是如來藏；二、隱覆。如來之性，被煩惱所隱覆，使之不顯；三、能攝。眞如雖然在有情衆生的煩惱之中，但含有如來的一切功德。由此說明：如來藏是世間衆生的根本，一切衆生都可以成佛。

❻**法界**：梵文dharmadhātu的意譯，音譯達磨馱都。有三種解釋：一、第六識意識所緣

的對象稱爲法界，這是十八界之一；二、泛指各種事物，「界」爲分界，即事物的類別；三、指事物的本源或本質。與眞如、空性、實際、實相等同義。《辯中邊論》卷上稱：「此中說所知空性，由無變義說爲眞如，眞性常如，無轉易故；由無倒義說爲實際，非諸顛倒，依緣事故；由相滅義說爲無相，此中永絕一切相故；由聖智境義說爲勝義性，是最勝智所行義故；由聖法因義說爲法界，以一切聖法緣此生故。此中界者，即是因義。」

❼**修行**：意謂如理修習作行，通於身、語、意三業。

❽**偈**：梵文Gāthā的意譯，音譯伽他，佛經中的詩體。

❾**智慧**：智是梵文Jñāna的意譯，音譯若那。慧是梵文Prajñā的意譯，音譯般若。決斷是智，揀擇是慧。知俗諦是智，照眞諦是慧。《大乘義章》卷九稱：「照見名智，解了稱慧。此二各別，知世諦者，名之爲智。照第一義者，說以爲慧，通則義齊。」

❿**覺**：梵文Bodhi的意譯，音譯爲菩提，舊譯爲道，新譯爲覺。覺有覺察、覺悟二義。覺察是察知惡事，覺悟是開悟眞理。《大乘義章》卷二十末稱：「覺有兩義：一、覺察名覺，如人覺賊；二覺悟名覺。如人睡寤，覺察之覺對煩惱障，煩惱侵害，事等如

賊，唯聖覺知，不爲其害，故名爲覺。覺悟之覺對其智障，無明昏寢，事等如睡，聖慧一起，朗然大悟，如睡得寤，故名爲覺。」

⓫**了達**：了悟通達事理。

2 普賢章

譯文

於是，在廣大徒衆中的普賢菩薩，立即從座位上站起來，向佛足頂禮，向右繞三圈，長跪合掌，告訴佛說：大慈大悲的世尊啊！請您爲各位來此平等法會求法的菩薩大衆，並爲末法時期的一切有情衆生修大乘菩薩道的人們說明，當聽到了這種圓覺淸淨法門以後，如何修行？

世尊！如果那些衆生了知萬相如幻，而無實體之假相，身、心也如幻，爲什麼要以幻還修於幻呢？如果幻性把一切事物都由因緣離散而消滅乾淨了，就沒有心了，誰來修行呢？您爲什麼又說修行如幻呢？如果各類衆生根本不修行，在生死中常居於如幻之假相，猶如魔術師之化作，從來就不了知如幻境界，怎能使妄想心得到解脫呢？但願佛爲末法時期的一切有情衆生說明，以何種方便方法，漸次修習，使各類衆生永遠脫離各種幻境？這樣講完以後，行五體投地禮。這樣懇切地啓請三次，請求世尊教誨。

這時候，世尊告訴普賢菩薩說：好啊！好啊！善男子！你能夠爲了各位菩薩及末法時期的衆生，懇求我講如何修行菩薩道的如幻三昧和漸次證悟的方便法門，使各類衆生能夠脫離各種幻境。現在你要仔細聽，我要爲你演說。

當時，普賢菩薩聽到佛要說法，非常高興，在座大衆都專心靜默而聽。

原典

於是，普賢❶菩薩在大衆中，即從座起，頂禮佛足，右繞三匝，長跪叉手❷而白佛言：大悲世尊！願爲此會諸菩薩衆，及爲末世一切衆生修大乘者，聞此圓覺淸淨境界，云何修行？

世尊！若彼衆生知如幻❸者，身心❹亦幻，云何以幻還修於幻？若諸幻性一切盡滅，則無有心，誰爲修行？云何復說修行如幻？若諸衆生本不修行，於生死中常居幻化❺，曾不了知如幻境界，令妄想❻心❼云何解脫❽？願爲末世一切衆生，作何方便❾，漸次修習，令諸衆生永離諸幻？作是語已，五體投地❿。如是三請，終而復始。

爾時，世尊告普賢菩薩言：善哉！善哉！善男子！汝等乃能爲諸菩薩及末世衆生，修習菩薩如幻三昧⓫，方便漸次，令諸衆生得離諸幻，汝今諦聽⓬，當爲汝說。

時普賢菩薩奉教歡喜，及諸大衆默然而聽。

注釋

❶**普賢**：梵文Samantabhadra的意譯，另譯遍吉，音譯三曼多跋陀羅，中國佛教的四大菩薩之一，相傳他應化說法的道場在四川省的峨眉山，釋迦牟尼佛的右脅侍，專司理德，與專司智的左脅侍文殊並稱，塑像多騎白象。文殊是大智，這就是所謂的理觀，普賢是大行，這就是所謂的事修。《圓覺經》的第一章是代表悟道智慧的文殊，第二章是代表修行的普賢，這是合乎邏輯的安排。

❷**叉手**：一種佛教禮節，又稱爲合掌叉手，即合掌交叉兩手。

❸**幻**：空法十喻之一，如幻術師變出來的東西，沒有實體。《圓覺經略疏》稱：「幻者，謂世有幻法，依草木等幻作人畜，宛似往來動作之相，須臾法謝，還成草木。」

❹**身心**：佛教認爲人的身體是由五蘊構成的，色蘊是身，受、想、行、識四蘊是心。

❺**幻化**：「幻」是幻術師之所作，「化」是佛、菩薩等神通力所變化。佛經中以幻化譬喻空法。

❻**妄想**：不實爲「妄」，妄爲分別而取種種相，此稱妄想。《大乘義章》卷三本稱：「凡夫迷實之心，起諸法相，執相施名，依名取相，所取不實，故曰妄想。」

❼**心**：佛教經典中有多種分類，一般來說分爲二心：一汗栗太（Hṛdaya）心，即肉團心；二質多（citta）心。即慮知心。

❽**解脫**：梵文Mokṣa的意譯，擺脫煩惱業障的繫縛而得自由自在，《成唯識論述記》卷一稱：「言解脫者，體即圓寂。由煩惱障縛諸有情，恒處生死。證圓寂已，能離彼縛，立解脫名。」

❾**方便**：梵文Upāya的意譯，另譯善權、變謀等，音譯漚和。全稱方便善巧、方便善智，梵文Upāyakauśalya的意譯，音譯漚和俱舍羅，佛、菩薩度脫衆生所採取的靈活手法。

❿**五體投地**：五體即右膝、左膝、右手、左手、頭。五處皆圓，所以五體又稱爲五輪，五體投地又稱爲五輪投地。最崇高的佛教禮節。先立正，後合掌，右手褰衣，屈二膝以後，再屈兩手，以手摸足，然後頂禮。站起的時候，先起頭，再提兩肘，再起兩膝。

⓫**如幻三昧**：一種禪定，修此禪定能夠認識到一切事物的如幻之理，因爲一切事物如幻，就不會因此而起愛心，也不會生起煩惱之憎心，憎愛不生，自心就不會受外境牽動。一切境界不受即爲正受，必須由修習如幻而得，所以稱爲如幻三昧。

⓬**諦聽**：意謂審諦而聽，即聞而思，思而修，三慧同時而起，才能稱爲諦聽。

譯文

善男子！一切有情衆生的種種事物都是幻化，都是從如來的圓覺妙心產生出來的，就像空花一樣，是從空而有，幻覺之花雖然滅了，空性卻不被破壞。有情衆生的幻心，還是幻起幻滅，各種幻都滅除乾淨了，覺心仍然不動。

依據幻而說覺，覺也稱爲幻。如果說有覺，仍然沒有離開幻；如果說沒有覺的話，也是這樣，所以說幻滅稱爲不動。

善男子！所有的一切菩薩和末世衆生，應當遠離一切幻化的虛妄境界，由於堅決執持遠離心的緣故，因爲心如幻，也應當遠離。遠離也是幻，離遠離幻，也應當遠離。達到無所離的境界，就是消除了各種幻。這就像鑽木取火一樣，兩根木頭相互爲因，火燃出木燒盡，灰飛走烟消滅，以幻修幻，也是這樣。就是各種幻都消滅乾淨了，也不落入斷滅見之中。

善男子！知道各種事物如幻，妄想立即就離開了，沒必要施用種種方便法門，離開妄念幻想，就是覺悟，也就沒有漸次了。一切菩薩和末法時期的有情衆生，按照這種方式去修行，這樣就能夠永遠脫離各種幻。

這時候，世尊爲了重新宣講這個意思，而說如下偈頌：

普賢菩薩！你應當知道，所有的一切各類衆生，無始以來而有的幻無明，都從各種如來而生。圓覺心的建立，猶如空中之花，依據空而有的相貌，假若空華滅了，虛空根本就不動。幻從諸覺而生，夢幻境界破滅之後，就是圓滿覺醒，因爲覺心不動。假若那些修學菩薩道者和末法時期的一切衆生，應當永遠脫離幻境。一切幻境都要脫離，就如木中生火一樣，木頭燒完了，火也就滅了。覺悟的話就沒有所謂漸次的問題，方便法門也是這樣（沒有所謂方便非方便的問題）。

原典

善男子！一切衆生種種幻化，皆生如來圓覺妙心❶，猶如空華，從空而有❷，幻華雖滅，空性不壞。衆生幻心，還依幻滅，諸幻盡滅，覺心不動。❸

依幻說覺，亦名爲幻，若說有覺，猶未離幻，說無覺者，亦復如是，是故幻滅名爲不動。❹

善男子！一切菩薩及末世衆生，應當遠離一切幻化虛妄境界，由堅執持遠離心故，心如幻者，亦復遠離。遠離爲幻，亦復遠離。離遠離幻，亦復遠離。得無所離，即除諸幻。❺譬如鑽火，兩木相因❻，火出木盡，灰飛烟滅，以幻修幻，亦復如是，諸幻滅盡，不入斷滅❼。

善男子！知幻即離❽，不作方便；離幻即覺❾，亦無漸次❿。一切菩薩及末世衆生，依此修行，如是乃能永離諸幻。

爾時，世尊欲重宣此義，而說偈言：

普賢汝當知，一切諸衆生⓫，無始幻無明，皆從諸如來⓬。圓覺心建立，猶如虛空華，依空⑬而有相⑭，空華若復滅，虛空本不動。幻從諸覺生，幻滅覺圓滿，覺心不動⑮故。若彼諸菩薩，及末世衆生，常應遠離幻。諸幻悉皆離，如木中生火，木盡火還滅。覺則無漸次，方便亦如是。

注釋

❶**圓覺妙心**：心體不可思議，稱之爲妙。天台宗認爲：別教以如來之眞心爲妙心，圓教以凡夫之妄心爲妙心。圓覺妙心含有世間和出世間的一切事物，不僅是佛具有，一切衆生都具有。

❷**從空而有**：比喻妙心隨緣而起。隨緣而起，起即無起，隨緣而滅，滅即無滅，所以下文説「幻華雖滅，空性不壞」。

❸普賢菩薩提出三個問題，第一個問題是：「若彼衆生，知如幻者，身心亦幻，云何以幻還修於幻？」本段就是回答這個問題：衆生幻心，還依幻滅。幻心就是無明，根本無明是出世衆生的妄想心，枝末無明是世間衆生的妄想心。「還依幻滅」，意謂衆生無明幻心，還依幻妄之身心，經過長期修行，使之消滅。

❹本段回答普賢菩薩提的第二個問題：「若諸幻性，一切盡滅，則無有心，誰爲修行？云何復說修行如幻？」各種幻滅除乾淨，覺心就不動了，這還是依幻說覺，也稱爲幻。爲什麼又稱爲幻呢？如果說有覺，仍然沒有離開幻，因爲是對待法，也不能說爲無覺。因爲說無覺，仍然稱爲幻，所以說「亦復如是」。因爲「無」對「有」來說，也是對待法，所以幻滅名爲不動。

❺本段回答普賢菩薩提的第三個問題：「若諸衆生本不修行，於生死中常居幻化，曾不了知如幻境界，令妄想心如何解脫？」對此回答如下：當今現前一切菩薩和末法時期發清淨心的人，應當遠離一切諸幻虛妄境界。在此說明應當修行。因爲普賢菩薩在此提的問題是：恐怕末世衆生聽說如幻，就知道不眞實，何必修行呢？佛對此說明如下：因爲是幻化虛妄境界，所以必須要修行而遠離之。幻妄境界，含法甚多，遠離並不容易，所以要下定決心，堅持修行。此心也是幻，也應當遠離，這是第一離；離也是幻，也應當遠離，這是第二離；遠離之念也是幻，也應當遠離，這是第三離。

❻**兩木相因**：兩根木頭互相爲因，因此而有彼，因彼而有此，相待而成立，所以二者都是不眞實的，都是假有。

❼**斷滅**：各種事物因果各別，所以不是常，因果相續，所以不是斷，認爲無此因果相續之理，即謂斷滅之見，即斷見，這是一種邪見。《圓覺經》的觀點是非有非無，非常非斷。

❽**知幻即離**：既然知道各種事物如幻，但是自己並不執著，不執著就是離，所以說「知幻即離」。

❾**離幻即覺**：既然是「知幻即離」，則離無所離。既然是離於幻，圓覺妙心昭昭不昧，所以說「離幻即覺」。

❿**亦無漸次**：即頓悟法門，又稱爲頓了，無須長期修行，一旦掌握了佛教眞理，即可突然覺悟。

⓫**諸衆生**：包括六道四生，衆生由於前生的善惡行爲而有六種輪迴轉生途徑，即地獄、餓鬼、畜生、阿修羅（Asura，一種惡神）、人、天。四生即衆生的四種出生形式：卵生（如雞、鳥等）、胎生（人、畜生等）、濕生（又稱爲因緣生，如腐肉中蟲、厠中蟲等）、化生（借業力出生者，如天神、餓鬼和地獄中的受苦衆生）。

⓬**皆從諸如來**：此中「如來」不是釋迦牟尼佛，而是諸佛法身。法身是梵文Dharmakāya的意譯，與眞如、法界、佛性等同義，佛教認爲法身是世界本源，世間一切都是由佛的法身變現的，所以幻無明是從諸如來而生。

⓭**空**：梵文Śūnya的意譯，音譯舜若。佛教認爲一切事物都是因緣和合而成，沒有質的規定性和獨立實體，這是假有幻有，而不是實有，這就稱爲空，即理體的空寂明淨。小乘佛教主張我空，大乘佛教主張我空、法空，甚至於空空，「空」也是空。大乘佛教中觀學派主張當體空，不用分解，本身就是空。正如《心經》所說的：「色不異空，空不異色，色即是空，空即是色。」大乘唯識學派主張阿賴耶識緣起自性空。

⓮**相**：梵文Lakṣaṇa的意譯，音譯攞乞尖拏。即事物的相狀，表於外而想像於心，就稱爲相，有爲法有生（產生）、住（持續）、異（變異）、滅（毀滅）。《華嚴經》認爲有六相：總相、別相、同相、異相、成相、壞相。

⓯**覺心不動**：覺心佛性，在聖不增，在凡不減，修行只是去掉煩惱纏縛。

3 普眼章

譯文

於是，在廣大徒衆中的普眼菩薩，立即從座位上站起來，向佛足頂禮，向右繞三圈，長跪合掌，告訴佛說：大慈大悲的世尊啊！請您爲各位來此平等法會求法的菩薩大衆，並爲末法時期的一切有情衆生，說明菩薩修行的漸次法門，如何思惟？如何使正法久住於世？當有情衆生還沒有開悟的時候，用什麼方法才能夠普遍地使他們很快開悟呢？

世尊！假若那些有情衆生，沒有教給他們正確的修行方法，沒有告訴他們正確的思惟方式，只聽如來說這三昧，其心就要迷惑納悶，對於圓覺法門不能悟入，但願我佛慈悲，爲我們這些人及末法時期的有情衆生，指點方法。這樣講完以後，行五體投地禮。這樣懇切地啓請了三次，請求世尊教誨。

這時候，世尊告訴普眼菩薩說：好啊！好啊！善男子！你能夠爲各位菩薩及末法時期的有情衆生，問如來如何一步一步地修行？如何思惟？如何定住如來境界？乃至於借用種種方法，使衆生悟道。你現在要好好地聽，我應當對你說。普眼菩薩聽到佛答應說法的時候，非常高興，在座的大衆都靜默聆聽。

原典

於是，普眼菩薩❶在大衆中即從座起，頂禮佛足，右繞三匝，長跪叉手而白佛言：大悲世尊！願爲此會諸菩薩衆，及爲末世一切衆生，演說菩薩修行漸次，云何思惟❷？云何住持？衆生未悟❸，作何方便普令開悟❹？

世尊！若彼衆生無正方便及正思惟❺，聞佛如來說此三昧，心生迷悶❻，即於圓覺不能悟入❼，願興慈悲❽，爲我等輩及末世衆生假❾說方便。作是語已，五體投地。如是三請，終而復始。

爾時，世尊告普眼菩薩言：善哉！善哉！善男子！汝等乃能爲諸菩薩及末世衆生，問於如來修行漸次，思惟、住持，乃至假說種種方便❿，汝今諦聽，當爲汝說。時普眼菩薩奉教歡喜，及諸大衆默然而聽。

注釋

❶**普眼菩薩**：即觀世音菩薩，因爲他有千手千眼，在兩眼兩手下，左右各具二十手，手中各有一眼，共四十手四十眼，各配二十五有（三界中二十五種有情衆生存在的環境，包括四洲、四惡趣、六欲天等），而成千手千眼。因爲觀世音菩薩的慈眼普觀一切有情衆生，所以稱爲普眼菩薩。

❷**思惟**：思量所對之境，進行辨別。

❸**悟**：與覺同義，對於迷惑而言，從迷夢覺醒稱爲覺，與覺悟同義。

❹**開悟**：意謂開智悟理，使愚昧衆生覺悟起來，或愚昧衆生得到覺悟，都稱爲開悟。

❺**正思惟**：梵文Samyak-sankalpa的意譯，八正道之一，又稱爲「正思」、「正志」等，對四諦等佛教義理的正確思惟。

❻**迷悶**：「迷」意謂迷於「我」，以我相擾亂其心。「悶」意謂悶於「法」，以法相隱覆法性（事物的眞實屬性），所以迷悶就是我執和法執。

❼**悟入**：悟實相之理，入於實相之理。

❽**慈悲**：梵文Maitrī-karuṇā的意譯，佛、菩薩愛護衆生，給與歡樂，叫做慈；憐憫衆生，拔除痛苦，叫做悲。《大智度論》卷二十七稱：「大慈與一切衆生樂，大悲拔一切衆生苦。」大乘佛教以此異於小乘，作爲進入世間「普度衆生」的重要依據，所以把慈悲作爲佛道之本。有三種慈悲：㈠衆生緣慈悲。這是小悲，對衆生的慈悲，這是凡夫的慈悲；㈡法緣慈悲。這是中悲，覺悟到諸法無我之理所起的慈悲，這是聲聞、緣覺以及初地以上菩薩的慈悲；㈢無緣慈悲。這是大慈悲，離一切差別，心無所緣，這是佛的慈悲。這三種慈悲統稱爲三緣慈悲，簡稱爲「三慈」。

❾**假**：假借之義。各種事物各無實體，借他而有，所以稱爲假，如借諸蘊而有衆生，借棟樑而有房屋。所以「假」是虛妄不實之義。《成唯識論述記》卷一本認爲有二假：㈠無體隨情假。如凡夫所執我、法，我、法本來没有實體，但隨有情衆生的妄想而立我、法之名；㈡有體施設假。五蘊和合假說我、法。《大智度論》卷四十一認爲有三假：㈠法假。色、心諸法皆無自性；㈡受假。總法含受別法而成一體，如含受四大而成草木，五蘊和合而成衆生；㈢名假。没有與名稱相應的實物，名字虛假不實。《成實論》主張有四假：㈠因生假。相當於三假中的法假；㈡緣成假。相當於前三假的受

假；㈢相待假。如長短等相待而成立，並無實體；㈣相續假。如一念之色聲，不成身語業，色聲相續，才能成爲身語業。

❿**假說種種方便**：第二章〈普賢章〉說明「知幻即離」，不作方便，這是頓悟法門，利根衆生聞此可以悟道，鈍根衆生不能因此而悟道，爲了適應鈍根衆生的需要，普眼菩薩請佛假說方便。

譯文

善男子！你說的那些剛學佛的菩薩及末法時期的有情衆生，要想求得如來的淨圓覺心，就應當正念，以此正念遠離各種幻境，首先要依如來的「止」而修行，然後堅持禁戒，帶領徒衆，在寂靜的房舍裡宴坐。總是這樣思惟：我現在這個身體是四大和合而成，所謂髮、毛、爪、齒、皮、肉、筋、骨、髓、腦、垢、色，都歸於地；唾、涕、膿、血、津、液、涎、沫、痰、淚、精、氣、大小便利，都歸於水；暖氣歸於火；動轉歸於風。如果是四大各自分離，現在這個虛妄身體應當在哪裡呢？由此可知，這個身體畢竟是沒有實體，四大和合爲其表相，實際上與幻化是相同的，我們的身體是由四性因緣假合而成，在這假合的身體上妄有六根。六根和四大，內外和合而成此身，由於虛妄而有的條件——氣，在身中積聚，好像是有因緣之相，假立之名爲心。

善男子！這種虛妄心，如果沒有六塵的話，就不會存在。如果四大分解的話，則無六塵可得；此中能緣之根和所緣之塵，各歸散滅，生命結束，能緣之心終究不可得。

善男子！那些求圓覺淨心的有情衆生，因爲虛幻身滅除了，虛幻之心也就滅除了；因爲虛幻之心滅除了，虛幻之塵也就滅除了；因爲虛幻之塵滅除了，虛幻之滅也就滅除了；因爲幻滅滅除了，非幻則不滅除。就像磨鏡一樣，污垢滅盡，光明顯現。

善男子！應當知道，人的身心都是虛幻不實的污垢，污垢之相永遠滅除以後，即達十方清淨。

善男子！比如清淨的摩尼寶珠一樣，能夠映現出五種顏色，隨應不同的方向而現不同的顏色。各種愚昧無知的有情衆生，認爲摩尼寶珠眞實而有五種顏色。

善男子！圓覺的清淨本性，就體現在有情衆生的身心上，它隨順適應各類不同的有情衆生。但是那些愚昧無知的有情衆生，把淨圓覺的變現誤認爲實有，認爲這樣的身心自相，也是實有。因此，不能遠離幻化。所以，我要告訴大家：我們現有的身心都是幻垢。如果能夠脫離這種幻垢，就稱之爲菩薩。把幻垢對治乾淨以後，就不存在對治幻垢的東西了，也不需要再叫什麼名稱了。

原典

善男子！彼新學菩薩及末世衆生，欲求如來淨圓覺心，應當正念❶，遠離諸幻。先依如來奢摩他❷行，堅持禁戒❸，安處徒衆，宴坐❹靜室。恒作是念：我今此身四大❺和合，所謂髮、毛、爪、齒、皮、肉、筋、骨、髓、腦、垢、色，皆歸於地❻；唾、涕、膿、血、津、液、涎、沫、痰、淚、精、氣、大小便利，皆歸於水❼；暖氣歸火❽；動轉歸風❾。四大各離，今者妄身當在何處？即知此身畢竟無體，和合爲相，實同幻化，四緣❿假合，妄有六根⓫。六根、四大，中外⓬合成，妄有緣氣於中積聚，似有緣相，假名爲心。

善男子⓭！此虛妄心，若無六塵⓮，則不能有，四大分解，無塵可得；於中緣塵⓯各歸散滅，畢竟無有緣心可見。

善男子！彼之衆生，幻身滅故，幻心亦滅⓰；幻心滅故，幻塵亦滅⓱；幻塵滅故，幻滅亦滅⑱；幻滅滅故，非幻不滅⑲。譬如磨鏡，垢盡明現⑳。

善男子！當知身心皆爲幻垢㉑，垢㉒相永滅，十方清淨。

善男子！譬如清淨摩尼㉓寶珠㉔映於五色㉕，隨方各現，諸愚癡者見彼摩尼實有五色。㉖

善男子！圓覺淨性現於身心㉗，隨類各應，彼愚癡者，說淨圓覺實有，如是身心自相，亦復如是。由此不能遠於幻化，是故我說身心幻垢，對離幻垢，說名菩薩。垢盡對治，即無對垢及說名者。

注釋

❶**正念**：梵文Samuyaksmrti的意譯，八正道之一，意謂明記四諦等佛教眞理。在此「正念」是最初所下的功夫，「正念」意謂無念，凡是起心動念，在圓覺體中，都是幻化。意在一念不生，則諸妄自滅，所以稱爲「遠離諸幻」。

❷**奢摩他**：梵文Śamatha的音譯，意譯爲止、止寂等，禪定的異名之一，意謂使心止於一處，常與觀連用，稱爲止觀。止除妄，觀證眞理。止爲禪定，觀爲智慧。修止有三：

㈠繫緣守境止。繫心於鼻端、臍間等處，使心不散；㈡制心止。制心使之不馳散；㈢體眞止。知一切法由因緣而生，沒有自性，使心不取諸法，使妄念止息。此中用體眞止。

❸**戒**：梵文Śīla的意譯，音譯尸羅，意謂防禁身心之過。佛教爲在家和出家信徒所制定的戒規。戒法、戒體、戒行、戒相是戒之四科。戒法是如來所制法規；戒體是由於受授作法而領納戒法於心性，生防非止惡之功德；戒行是隨其戒體而如法動作身、語、意三業；戒相即五戒、八戒、十戒、二百五十戒等。

❹**宴坐**：即身心寂靜，正如《大智度論》所說的「不依身，不依心，不依三界，於三界中不得身心，是名宴坐」。身、心俱寂，連空也是空。

❺**四大**：梵文Caturmahābnūta的意譯，又稱爲「四界」。指地、水、火、風四種構成色法的基本原素。因爲它們能夠造作一切色法，所以稱爲「能造四大」，被造作的各種色法，稱爲「四大所造」。四大的屬性分別是堅、濕、暖、動，四大的作用分別是持（保持）、攝（攝集）、熟（成熟）、長（生長）。

❻**地**：梵文Pṛthivī、Talima、Bhūmi的意譯，以能生、能依爲義。

❼**水**：即四大之一的水大，存在於一切色法當中，以濕潤爲性，其作用是攝集。

❽**火**：即四大之一的火大，以溫熱爲其屬性，以調熟爲其作用，普遍存在於一切物質世界。

❾**風**：四大之一的風大，其屬性爲動，其作用是長。

❿**四緣**：指見、聞、覺、知，因爲這四性都有能緣之義，以四性和合，妄有根相，見爲眼根，聞爲耳根，覺爲鼻、舌、身三根，三根總名爲覺，知爲意根。

⓫**六根**：根是梵文indriya的意譯，意謂能生，是促進增生作用的根本，如眼根能生眼識，耳根能生耳識等。六根即眼、耳、鼻、舌、身、意六種感覺器官，分別緣取色、聲、香、味、觸、法六塵。

⓬**中外**：「中」即內，即眼、耳、鼻、舌、身、意六根，「外」即地、水、火、風四大。

⓭**善男子**：佛教稱在家、出家男性信徒爲善男子，讚美其信佛聞法之德。稱其女性信徒爲善女人。

⓮**六塵**：即色、聲、香、味、觸、法六種外境，因爲這六種外境能夠染污淨心，觸身成垢，所以稱爲六塵。

⑮**緣塵**：即眼、耳、鼻、舌、身、意六種能緣之根和色、聲、香、味、觸、法六塵，六根、六塵合稱十二處。

⑯**幻身滅故，幻心亦滅**：這是一種禪定境界，首先是幻身滅除，然後是幻心滅除，達到無我境界，即我空。

⑰**幻心滅故，幻塵亦滅**：由我空而達法空。「塵」即色、聲、香、味、觸、法六塵，代表外境，「幻塵亦滅」是法空境界。

⑱**幻滅亦滅**：這是第三空——空空。

⑲**非幻不滅**：達到三空以後，就是法性眞如的實體，所以稱爲「非幻」。這種非幻之體是沒有窮盡的，所以是「不滅」。

⑳**譬如磨鏡，垢盡明現**：求淨圓覺，就像磨鏡一樣，幻身、幻心、幻塵、幻滅，就像塵垢一樣隱覆眞如，身滅、心滅、塵滅乃至幻滅亦滅，就像鏡垢滅盡以後，就顯現眞如，顯現鏡的光明。

㉑**幻垢**：有情衆生的身心，沒有實體，虛幻不實，所以稱之爲幻。有漏不淨，所以稱之爲垢。

❷❷**垢**：梵文Mala的意譯，音譯摩羅。妄惑垢心性，所以稱爲垢。《大乘義章》卷五本稱：「流注不絕，其猶瘡漏，故名爲漏；染污淨心，說以爲垢，能惑所緣，故稱爲惑。」煩惱的異名。《俱舍論》卷二十一認爲有六垢：惱、害、恨、諂、誑、憍，《瑜伽師地論》卷七十四認爲有七垢：欲垢、見垢、疑垢、慢垢、憍垢、隨眠垢、慳垢。

❷❸**摩尼**：梵文Mani的音譯，另譯末尼，意譯珠寶、離垢、如意等。寶珠之總名。《一切經音義》卷上稱：「摩尼，正云末尼，末謂末羅，此云垢也。尼謂離也，謂此寶光淨，不爲垢穢所染也。」又稱：「末尼此曰增長，謂有此寶處，必增其威德，舊翻爲如意、隨意等，逐義譯也。」

❷❹**寶珠**：即摩尼珠，又稱爲如意珠（Cintāmani），相傳這種寶珠出自龍王或摩竭魚（身長二十八萬里）的腦中，或是佛的舍利變成，相傳佩戴此珠，毒不能害，火不能燒，心想事成。

❷❺**五色**：即青、黃、赤、白、黑五種顏色，宗密著《圓覺經略疏》認爲：這五種顏色代表五道：地獄、餓鬼、畜生、人、天，明代沙門憨山釋德清撰《圓覺經直解》認爲：這五種顏色代表構成人身的色、受、想、行、識五蘊。

㉖據宗密著《圓覺經略疏》，本段比喻唯識三性，摩尼寶珠比喻圓成實性，顯現五種顏色是依他起性，愚癡衆生認爲實有五色，是遍計所執性。

㉗**身心**：有情衆生的正報。五蘊之中的色蘊是身，受、想、行、識四蘊是心。

譯文

善男子！這些菩薩和末法時期的有情衆生，證得各種幻境滅除，各種表相只不過是淨圓覺的影像而已。此時即得十方清淨，無邊無際的虛空，這些都是徹覺徹悟所顯發的作用。因爲覺心圓滿，明淨可知，阿賴耶識之心就顯得清淨了；因爲心清淨了，眼睛所見的色塵都是清淨的；因爲見是清淨的，眼根也是清淨的；因爲根是清淨的，眼識也是清淨的；因爲識是清淨的，所聞塵也是清淨的；因爲聞是清淨的，耳根也是清淨的；因爲根是清淨的，耳識也是清淨的；因爲識是清淨的，覺塵也是清淨的。乃至於鼻、舌、身、意，也是這樣。

善男子！因爲根是清淨的，色塵也是清淨的；因爲色是清淨的，聲塵也是清淨的。香塵、味塵、觸塵、法塵，也是這樣。

善男子！因爲六塵清淨了，地大也就清淨了；因爲地清淨了，水大也就清淨了。火大、風大，也是這樣。

原典

善男子！此菩薩及末世衆生，證得諸幻滅影像故，爾時便得無方清淨，無邊虛空，覺所顯發。覺圓明故，顯心清淨。心清淨故，見塵❶清淨；見❷清淨故，眼根❸清淨；根❹清淨故，眼識❺清淨；識❻清淨故，聞塵❼清淨；聞清淨故，耳根❽清淨；根清淨故，耳識❾清淨；識清淨故，覺塵❿清淨。如是，乃至鼻⓫、舌⓬、身⓭、意⓮，亦復如是。

善男子！根清淨故，色塵⓯清淨；色⓰清淨故，聲塵⓱清淨。香⓲、味⓳、觸⓴、法㉑，亦復如是。

善男子！六塵清淨故，地大㉒清淨；地清淨故，水大㉓清淨。火大㉔、風大㉕，亦復如是。

注釋

❶**見塵**：即眼所見的色塵。

❷**見**：梵文Darśana的意譯，意謂思慮推求而決擇事理，即見解，通正、邪二種。

❸**眼根**：六根（眼根、耳根、鼻根、舌根、身根、意根）之一，發生眼識之所依，地、水、火、風四大種之所造，分勝義根、扶塵根二種。眼睛看不見的發生眼識之功能是淨色根，亦稱勝義根，可以看見的眼球是扶塵根。

❹**根**：梵文Indriya的意譯，意謂能生，是促進增生作用的根本，如眼根能生眼識，耳根能生耳識等。共有二十二根：眼根、耳根、鼻根、舌根、身根、意根、女根、男根、命根、苦根、樂根、憂根、喜根、捨根、信根、精進根、念根、定根、慧根、未知當知根、已知根、具知根。

❺**眼識**：六識（眼識、耳識、鼻識、舌識、身識、意識）之一，以眼根爲所依所生之識，其功能是了別色境，隨能生之眼根而立眼識之名。《三藏法數》卷二十一稱：「眼根由對色塵，即生其識，此識生時但能見色，是名眼識。」

❻**識**：梵文Parijñāna的意譯，音譯婆哩若儞，心之異名，了別爲義，心對於境起了別作用就是識。唯識宗認爲有八識：眼識、耳識、鼻識、舌識、身識、意識、末那識、阿賴耶識。

❼**聞塵**：即所聞之塵，六塵（色塵、聲塵、香塵、味塵、觸塵、法塵）之一的聲塵，因爲是耳根所聞，所以稱爲聞塵。

❽**耳根**：六根之一，發生耳識之所依，地、水、火風四大種之所造，分勝義根、扶塵根二種，眼睛看不見的發耳識之功能，即爲淨色根，亦稱勝義根。可以看見的肉耳，是扶塵根。

❾**耳識**：六識（眼識、耳識、鼻識、舌識、身識、意識）之一，以耳根爲所依所生之識，其功能是了別聲境，依能生之耳根而立耳識之名。

❿**覺塵**：即六識所緣的外境，也就是六塵：色塵、聲塵、香塵、味塵、觸塵、法塵。

⓫**鼻**：即鼻根，六根（眼根、耳根、鼻根、舌根、身根、意根）之一，生鼻識所依之根，地、水、火、風四大種之所造，分勝義根、扶塵根二種，眼睛看不見的生鼻識之功能，是淨色根，亦稱勝義根。能看見的肉鼻是扶塵根。

⓬**舌**：即舌根，六根之一，生舌識所依之根，地、水、火、風四大種之所造，分勝義根、扶塵根二種，眼睛看不見的生舌識之功能，是淨色根，亦稱勝義根。能看見的肉舌是扶塵根。

⓭**身**：即身根，六根之一，生身識所依之根，地、水、火、風四大種之所造，分勝義根、扶塵根二種，眼睛看不見的生身識之功能，是淨色根，亦稱勝義根。看得見的肉身是扶塵根。

⓮**意**：即意根，六根（眼根、耳根、鼻根、舌根、身根、意根）之一，生意識所依之根，前五根（眼根、耳根、鼻根、舌根、身根）是色法，第六根意根是心法。

⓯**色塵**：六塵（色塵、聲塵、香塵、味塵、觸塵、法塵）之一，是眼識依眼根所緣的外境，因爲它染汚眼識，所以稱爲色塵。包括三種：㈠顯色。即青、黃等色；㈡形色。即長、短等；㈢表色。即取、捨等色。三種色中，只有顯色實有，形色和表色都是依顯色分位上的假立，所以沒有實體。

⓰**色**：梵文Rūpa的意譯，從廣義上來講，有變壞、質礙的物質現象，都是色法，相當於五蘊中的色蘊，包括眼、耳、鼻、舌、身五根和色、聲、香、味、觸五塵，還有屬

於精神現象的無表色。從狹義上來講，是眼識所緣的對象——色境。

⑰**聲塵**：耳識依耳根所緣的外境，包括十一種：㈠內緣聲。有情衆生發出的聲音；㈡外緣聲。風、林等無情發出的聲音；㈢內外緣聲。如手擊鼓的聲音；㈣可意聲。順心之聲；㈤不可意聲；㈥俱相違聲；㈦世所共成聲；㈧成所引聲。佛教聖人說的話；㈨遍計所執聲。外道虛妄計度所起的言教；㈩聖言所說聲。依見聞覺知所起的眞實語；㈩㈠非聖言所說聲。依見聞覺知所起的虛妄語。

⑱**香**：即香塵，鼻識依鼻根所緣的外境，稱爲香。分爲好香、惡香、平等香、俱生香、和合香、變異香六種。對身體起順適作用的香，是好香。臭是惡香。對身體既無好處又無壞處的香，是平等香。其香氣與本質俱時生起，稱爲俱生香。和合香是由各種香料和合製成的線香、末香等。變異香是水果成熟而產生的香味。

⑲**味**：即味塵，舌識依舌根所緣的外境，共分十二種：苦、酸、甘、辛、鹹、淡、可意、不可意、俱相違、俱生、和合、變異。

⑳**觸**：即觸塵，是身識依身根所緣的外境。共二十六種——地、水、火、風、滑、澀、輕、重、軟、暖、急、冷、飢、渴、飽、力、劣、悶、癢、黏、病、老、死、疲、息、

勇。此中分爲能造觸、所造觸二類，地、水、火、風四大種是能造觸，這是觸境的實體，堅勁爲地，流濕爲水，溫熱爲火，輕動爲風。其餘的二十二種是所造觸。

㉑**法**：梵文Dharma的意譯，即法塵，又稱爲法處所攝色。是意識依意根所緣的外境。共分五種：㈠極略色。依假想觀，分析土、木、金、石等實色，至其邊際，假立極微之名，這就是極略色；㈡極迥色。依假想觀，分析光、影、明、暗等假色，至其邊際，假立極微之名，這就是極迥色；㈢受所引色。因受諸戒所引發的無表色，因教因師而領受，依受而發起，所以稱爲受所引；㈣遍計所起色。獨散意識虛構的五根、五境等影像色；㈤定所生色。又稱爲定自在所生色或定果色，由於禪定力所變現的色等五境。

㉒**地大**：四大（地大、水大、火大、風大）之一，「大」有四義：所依大、體性寬廣大、形相大、起用大。地大以堅爲其屬性，以持爲其作用。人身之髮、毛、爪、齒、皮、肉、筋、骨、髓、腦、垢、色等，都歸於地大。

㉓**水大**：四大之一，其屬性是濕，其功能是攝集，人身之唾、涕、膿、血、津、液、涎、沫、痰、淚、精、氣、大小便利，都歸於水大。

㉔**火大**：四大之一，其屬性是暖，其功能是成熟，人身之暖都歸於火。

㉕**風大**：四大之一，其屬性是動，其功能是生長，人身之動轉都屬於風。

譯文

善男子！因爲四大清淨了，所以十二處、十八界、二十五有都清淨了。因爲那些都清淨了，十力、四無所畏、四無礙智、佛十八不共法、三十七助道品都清淨了。這樣，乃至八萬四千陀羅尼門，一切都是清淨的。

善男子！因爲一切事物的實相，其本性都是清淨的，所以一眞法身是清淨的；因爲一眞法身是清淨的，所以多個化身也是清淨；因爲多個化身是清淨的，這樣，乃至十方有情衆生都達圓覺，都是清淨的。

善男子！因爲我們現住的這個世界是清淨的，很多世界都是清淨的；因爲很多世界都是清淨的，這樣，乃至於整個虛空，周遍於三世，所有的一切都是平等的，都是清淨不動的。

原典

善男子！四大清淨故，十二處❶、十八界❷、二十五有❸清淨。彼清淨故，十力❹、四無所畏❺、四無礙智❻、佛十八不共法❼、三十七助道品❽清淨。如是，乃至八萬四千❾陀羅尼❿門，一切清淨。

善男子！一切實相⓫性清淨故，一身⓬清淨；一身清淨故，多身⓭清淨；多身清淨故，如是，乃至十方衆生圓覺⓮清淨。

善男子！一世界清淨故，多世界清淨；多世界清淨故，如是乃至盡於虛空，圓裹三世⓯，一切平等⓰，清淨不動⓱。

注釋

❶**十二處**：梵文Dvādaśāyatana的意譯，三科（五蘊、十二處、十八界）之一，指眼、耳、鼻、舌、身、意六根和色、聲、香、味、觸、法六塵，因爲根和境是產生心法和心所法的處所，所以稱爲十二處。又因爲根與境互相涉入，所以十二處又稱爲十二入。

❷**十八界**：梵文Aṣṭādaśadhātu的意譯，可以是對世界一切現象所作的分類，或說一人一身具此十八界。其中包括能夠發生認識功能的六根：眼根、耳根、鼻根、舌根、身根、意根，作爲認識對象的六境：色境、聲境、香境、味境、觸境、法境，以及由此生起的六識：眼識、耳識、鼻識、舌識、身識、意識。

❸**二十五有**：有情衆生在三界中的二十五種生存環境，《大般涅槃經》卷二十五稱：「被無明枷，繫生死桎，達二十五有，不能得離。」其中包括欲界十四有，即四惡趣（地獄、餓鬼、畜生、阿修羅）、四洲（東勝神洲、南贍部洲、西牛貨洲、北俱盧洲）、六欲天（四天王天、忉利天、夜摩天、兜率天、樂變化天、他化自在天）；色界七有，包括四禪天和初禪中的大梵天，再加第四禪中的淨居天與無想天；無色界四有：識無邊處、空無邊處、無所有處、非想非非想處。

❹**十力**：梵文Daśabala的意譯，佛具有的十種智力：㈠知覺處非處智力。「處」意謂道理，知道事物合理與不合理的智力；㈡知三世業報智力。知一切有情衆生三世因果業報的智力；㈢知諸禪解脱三昧智力。知道各種禪定及八解脱、三三昧的智力；㈣知衆生上下根智力。知道有情衆生的能力和性質優劣的智力；㈤知種種解智力。知道有情

衆生的種種知解的智力；㈥知種種界智力。知道有情衆生素質和境界的智力；㈦知一切至處道智力。知道轉生人、天和達到涅槃等因果的智力；㈧知天眼無礙智力。以天眼見知有情衆生的生死及善惡業緣的智力；㈨知宿命無漏智力。知道有情衆生的宿命和無漏涅槃的智力；㈩知永斷習氣智力。知道永斷煩惱惑業不再流轉生死的智力。據《華嚴經》等，菩薩也具有十力：深心力、增上深心力、方便力、智力、願力、行力、乘力、神變力、菩提力、轉法輪力。此中指佛的十力。

❺四無所畏：亦稱四無畏，無畏是梵文Vaiśāradya的意譯，意謂在傳教說法的時候，充滿自信，無所畏懼。有佛四無畏和菩薩四無畏兩種，佛四無畏如下：㈠正等覺無所畏。又稱爲諸法現等覺無畏、一切智無所畏。對自己已經證得的佛位充滿自信，成佛即具「一切智」；㈡漏永盡無畏。又稱爲一切漏盡智無畏、漏盡無所畏，已經斷絕一切煩惱，對此充滿自信；㈢說障法無畏。又稱爲障法不虛決定授記無畏、說障道無所畏，對已說明障礙修道的「愚闇法」的自信；㈣說出道無畏。又稱爲爲證一切具足出道如性無畏、說盡苦道無所畏。對已經超離苦難而達到解脫的自信。據《大智度論》卷五，菩薩四無畏如下：㈠能持無所畏。對能誦記解說佛法的自信；㈡知根無所畏。對

了解有情衆生的根機深淺並應機説法的自信；㈢決疑無所畏。對解決衆生疑難的自信；㈣答報無所畏。對圓滿回答聽者詢問的自信。這裏是佛四無畏。

❻四無礙智：又稱爲四無礙辯、四無礙解，是各位菩薩説法時的智辯，對於意業而説稱爲四無礙解或四無礙智，對於口業來説稱爲四無礙辯。㈠法無礙。名、句、文所講的教法稱爲法，於教法無滯，稱爲法無礙；㈡義無礙。知曉教法所詮義理而無滯礙，稱爲義無礙；㈢辭無礙。又稱爲詞無礙，對於各種言辭通達自在，稱爲辭無礙；㈣樂説無礙。又稱爲辯説無礙，爲衆生樂説自在，稱爲樂説無礙，契於正理而言説皆無滯礙。

❼佛十八不共法：佛具有的十八種功德法，不共同於二乘菩薩，所以稱爲不共法。㈠身無失。佛自無量劫以來，常用戒、定、慧以修其身；㈡口無失。佛具有無量智慧之辯才，因人而宜説法，使之證悟；㈢念無失。佛修甚深禪定，心不散亂；㈣無異想。佛對於一切衆生，平等普度，心無揀擇；㈤無不定心。佛於行、住、坐、臥，永遠不離甚深禪定；㈥無不知己捨心。佛於一切諸法皆悉照知而方捨；㈦欲無滅。佛度衆生，永無厭足；㈧精進無滅。佛之身心，永遠精進，永不休息；㈨念無滅。三世諸佛之法，沒有退轉；㈩慧無滅。佛具有一切智慧，無量無際，永不可盡；⑪解脱無滅。佛具二

種解脫，一是有爲解脫，二是無爲解脫。煩惱斷盡而無餘；㈢解脫知見無滅。佛於一切解脫中，知見明了，分別無礙；㈢一切身業隨智慧行。㈣一切口業隨智慧行；㈤一切意業隨智慧行；㈥智慧知過去世無礙；㈦智慧知未來世無礙；㈧智慧知現在世無礙。

❽三十七助道品：又稱爲三十七品、三十七道品、三十七分法、三十七菩提分法。「道」是能通之意，是到達涅槃解脫的資糧。三十七助道品包括四念處、四正勤、四如意足、五根、五力、七覺支、八正道。四念處如下：觀身不淨、觀受是苦、觀心無常、觀法無我。四正勤如下：㈠如果惡法未生，即努力防止生惡；㈡如果是已經生惡，應當努力斷除；㈢如果善法未生，應當努力使之產生；㈣如果是善法已生，應當是堅持到底，使之圓滿。

四如意足如下：㈠欲如意足。由想達到神通的意欲之力發起的禪定；㈡念如意足。又稱爲心如意足，由心念之力發起的禪定；㈢精進如意足。由不斷止惡進善力發起的禪定；㈣慧如意足。又稱爲觀如意足、思惟如意足等，由思惟佛理發起的禪定。修行這些禪定，可以生起神通變化如意自在的能力。

五根是修行佛法所依靠的五種內在條件：㈠信根。對佛教的堅定信仰；㈡精進根。又稱爲勤根，即「四正斷」；㈢念根。即四念處；㈣定根。即四禪；㈤慧根。因智慧具有照破一切，生出善法之能力，可成就一切功德，以至成道，故稱慧根。

五力是由於信等五根的增長，所產生的五種修行、達到解脫的力量。《大智度論》卷十九稱：「五根增長，不爲煩惱所壞，是名爲力。」五力如下：㈠信力。對佛教的信仰虔誠，其力可以破除一切邪信；㈡精進力。修四正斷，可以斷除一切惡念；㈢念力。修四念處，其力可以獲得正念；㈣定力。專心修習禪定，其力可以斷除情欲煩惱；㈤慧力。觀悟四諦，成就智慧，可以達到解脫。

七覺支，又稱爲七覺分、七等覺支、七覺意、七菩提分等，「覺支」是梵文Sambodhi-aṅga的意譯，七覺支是達到成佛覺悟的七種次第或組成部分。㈠念覺支。憶念佛法而不忘；㈡擇法覺支。以佛法爲準，分辨是非；㈢精進覺支。努力修行，堅持不懈；㈣喜覺支。因爲覺悟善法，心生歡喜；㈤猗覺支。又稱爲輕安覺支，因爲斷除煩惱粗重，使身心安適愉快；㈥定覺支，心專注一境，而不散亂；㈦捨覺支。捨除一切分別，平等對待一切人和物，心無偏斜。

八正道，又稱爲八聖道、八支正道、八聖道分等，八種通向涅槃解脱的途徑：㈠正見。對四諦等佛教眞理的正確見解；㈡正思惟。又稱爲正思、正志等，對四諦等佛教義理的正確見解；㈢正語。修口業，不說不符合佛教義理的話；㈣正業。又稱正行、諦行。即離殺生、不與取等；㈤正命。按照佛教戒律，過正當合法的生活；㈥正精進。又稱爲正勤、正方便等，勤修涅槃之道法；㈦正念。明記四諦等佛教眞理；㈧正定。正確修行佛教禪定。八正道能使人由凡入聖，由生死此岸到達涅槃彼岸，所以又稱爲八船、八筏等。

❾**八萬四千**：形容佛的教法之多，常用八萬四千之數，略云八萬。如八萬四千煩惱、八萬四千法門等。

❿**陀羅尼**：梵文Dhāraṇī的音譯，另譯陀羅那、陀鄰尼等，意譯爲持、總持等。有能持、能遮二義。持善法，使之不失；遮惡法，使之不起。共分四種：㈠法陀羅尼。又稱爲聞陀羅尼，聞持佛法而不忘失；㈡義陀羅尼。於諸法實義，總持而不忘懷；㈢咒陀羅尼。修禪定而發秘密語，能消除衆生之災厄，稱之爲咒陀羅尼；㈣忍陀羅尼。安住於諸法實相，稱之爲忍。持忍稱爲忍陀羅尼。

⑪**實相**：佛教所說的事物的眞實相狀。不虛妄意謂「實」。因爲這種實相沒有長、短等虛妄分別，所以實相就是無相。一切世俗認識都是假相，只有擺脫這種世俗認識，才能認識到常住不變的實相。所以實相與眞如、涅槃、性空、法性、無相、眞性、實際、實性等同義。《肇論·宗本義》稱：「本無、實相、法性、性空、緣會，一義耳。」

⑫**一身**：即法身。法身是梵文Dharmakāya的意譯，又稱爲佛身，即以佛法成身，或身具一切佛法。法身即唯識眞如或如來藏的自性清淨心。

⑬**多身**：此中指佛的三身之一——化身。又稱爲應化身、變化身，從廣義上來說，凡是佛爲度脫衆生，所變現的各種形相之身，以此六道衆生，都有佛的化身。

⑭**圓覺**：此言圓覺，本文乃指實相本體，亦即諸法之本體。

⑮**三世**：又稱爲三際，即過去世、現在世、未來世。《寶積經》卷九十四稱：「三世，所謂過去，未來、現在，云何過去世？若法已滅，是名過去世。云何未來世？若法未生未起，是名未來世。云何現在世？若法已生未滅，是名現在世。」

⑯**一切平等**：世俗世界有染淨不同，如果對染說淨，這是相待而言，不是眞正的清淨。如果是染淨同歸一性，所以稱爲平等。

⑰**不動**：如果清淨心有過去、現在、未來，這就不是眞正的清淨，圓覺周遍於三世，同歸眞常，所以稱爲不動。而且，如上所述，證得諸幻已滅，一切事物皆如影像，便得無方清淨，此時覺性遍滿，清淨不動，因爲圓覺無邊無際。

譯文

善男子！虛空是這樣的平等不動，應當知道，覺性是平等不動的。四大所以是不動的，應當知道，覺性是平等不動的。這樣，乃至八萬四千陀羅尼是平等不動的，應當知道，覺性是平等不動的。

善男子！因爲覺性普遍充滿法界，是清淨的，不動的，是圓滿的，是無邊無際的，應當知道，六根普遍充滿法界。因爲六根普遍充滿法界，應當知道，六塵普遍充滿法界。因爲六塵普遍充滿法界，應當知道，四大普遍充滿法界。這樣，乃至陀羅尼門普遍充滿法界。

善男子！由於佛性普遍充滿的緣故，根性、塵性不被破壞不被混雜。因爲根、塵不被破壞的緣故，這樣，乃至陀羅尼門不被破壞不被混雜。就像一百盞燈、一千盞燈一樣，其光照耀一室，其光普遍充滿，不被破壞，不被混雜。

善男子！因爲認識到覺性遍滿諸法無壞無雜的道理，應當知道，菩薩不被世間法和出世間法所束縛，也不去求得一個解脫的方法。菩薩不厭惡生死，也不熱愛涅槃；不敬重持戒，也不憎恨破戒之人；不敬重修行很久的人，也不輕視剛剛學佛的人。爲什麼呢？因爲覺性遍滿，一切都是覺性，如眼光，明了知曉所看到的眼前一切外境，其光普遍充滿所見到的一切外境。一切都是覺性，都無憎恨和熱愛之情，爲什麼呢？因爲光體平等不二，都無憎恨和熱愛之情。

原典

善男子！虛空❶如是平等不動❷，當知覺性平等不動。四大不動故，當知覺性平等不動。如是乃至八萬四千陀羅尼平等不動，當知覺性平等不動。

善男子！覺性❸遍滿，清淨不動，圓無際❹故，當知六根遍滿法界❺。根遍滿故，當知六塵遍滿法界❻。塵遍滿故，當知四大遍滿法界❼。如是，乃至陀羅尼門遍滿法界。

善男子！由彼妙覺❽性遍滿故，根性、塵❾性無壞無雜❿。根、塵無壞故，如是

乃至陀羅尼門無壞無雜。如百千燈，光照一室，其光遍滿，無壞無雜。⓫

善男子！覺成就⓬故，當知菩薩不與法縛，不求法脫。不厭生死，不愛涅槃；不敬持戒，不憎毀禁；不重久習，不輕初學。何以故？一切覺故，譬如眼光曉了前境，其光圓滿，得無憎愛，何以故？光體無二，無憎愛故。⓭

注釋

❶**虛空**：五大（地、水、火、風、空）之一，虛與空是無的別稱，空無障礙，虛無形質。虛空無體無相，其體周遍平等，其相隨順其他物質而彼此相異。

❷**不動**：各種事物的寂滅之相，有情衆生以生滅心觀之，故有動相，並不是事物眞的在動，實際上是心動，正如六祖惠能所說：「不是風動，不是幡動，仁者心動。」

❸**覺性**：有二解：㈠離一切迷妄的覺悟自性；㈡覺知之性，相當於心識。

❹**圓無際**：覺性遍滿法界，無法不包，無界不遍，所以稱爲圓無際。

❺**六根遍滿法界**：因爲覺性遍滿，六根不離覺性，所以六根遍滿法界。

❻**六塵遍滿法界**：根本就没有根，因爲塵而有根；根本就没有塵，因爲根而有塵。既然

根遍滿法界，所以六塵也遍滿法界。

❼**四大遍滿法界**：因爲塵不離四大，四大不離塵，既然塵遍滿法界，所以四大遍滿法界。

❽**妙覺**：自覺覺他，覺行圓滿，不可思議，此稱妙覺。即佛果的無上正覺。小乘佛教的聲聞乘和緣覺乘只是自覺，菩薩雖然是自覺覺他，但不圓滿，只有佛自覺覺他圓滿，覺體不可思議。

❾**塵**：即六塵，眼、耳、鼻、舌、身、意六識所緣的色、聲、香、味、觸、法六種外境。

❿**無壞無雜**：妙覺是性，根塵是相，性相不二。妙覺性與根塵互相攝入，根塵入妙覺，不失其本體，所以是無壞；妙覺入根塵，妙覺依然如故，不見有根塵摻雜其中，所是無雜。世間法入妙覺性中，世間法無壞；妙覺性攝世間法，妙覺性無雜。出世間法也是這樣，這就是理事無礙，事事無礙，總說爲無壞無雜。

⓫據諦閑著《圓覺經講義》，本段是譬喻，燈喻世間法和出世間法，光喻諸法之性，室喻盡虛空界，光各遍滿，喻互相攝入，最後一句說明此光入彼光，不見壞相；彼光攝此光，不見雜相，喻諸法之性。

⓬**覺成就**：證知覺性遍滿諸法，無壞無雜，名爲成就。覺未成就以前，則於一切法有善

惡彼此相對待，因爲覺成就，則一切事物無非覺性。

⑬本段是比喻，眼性之光，喻妙覺明性，因爲性光在眼，喻妙覺明性在法。前境統賅眼睛所見，喻一切法，因爲一切事物都是妙覺明心所照。曉了，意謂不假分別，喻妙覺圓照，不用思惟，其光遍滿，比喻一切都是覺。得無憎愛，比喻一切平等不二。

譯文

善男子！這種菩薩和末法時期的有情衆生，修習此心而得成就者，於此沒有修行，也沒有成就。圓覺之性普遍照耀，寂滅無二無別。悟了道以後才知道一百、一千、一萬、一億，乃至不可數不可說的，猶如恆河沙一樣多的諸佛世界，就如空中花一樣亂起亂滅，不等同不乖離，沒有繫縛，也沒有解脫。這時候才開始知道有情衆生本來就是佛，生死和涅槃猶如昨天之夢。

善男子！因爲生死和涅槃都如昨日之夢，應當知道，生命無所謂生死，也沒有涅槃可得，無所從來，也無所去。所證的境界，沒有得，也沒有失，沒有所取，也沒有所捨。能證的主體，無所謂修行，也無所謂得定，也沒有所謂的任運自在，也沒有所謂的生生滅滅。在此眞正的證悟中，沒有能證之道體，也沒有所證的境界，畢竟沒有所證，也沒有眞正的證悟者，一切法性，都平等不二，都不受到破壞。

善男子！那些菩薩們，按照以上所講的，這樣的修行，這樣的漸次，這樣的思惟，這樣的住持，這樣的方便，這樣的開悟，追求這樣的方法，也不會陷入迷悶。

原典

善男子！此菩薩及末世衆生，修習此心得成就者❶，於此無修，亦無成就。圓覺普照，寂滅無二❷。於中百、千、萬、億、阿僧祇❸不可說恆河沙❹諸佛世界，猶如空華；亂起亂滅❺，不即不離❻，無縛無脫❼。始知衆生本來成佛❽，生死涅槃猶如昨夢❾。

善男子！如昨夢故，當知生死及與涅槃，無起無滅❿，無來無去。其所證⓫者，無得無失，無取無捨。其能證⓬者，無作無止，無任無滅。於此證中，無能無所，畢竟無證，亦無證者，一切法性⓭，平等不壞。

善男子！彼諸菩薩如是修行⓮，如是漸次⓯，如是思惟⓰，如是住持⓱，如是方便

⑱，如是開悟⑲，求如是法，亦不迷悶。

注釋

❶**修習此心得成就者**：修習此心即依圓觀，直觀此心，日久功純，豁爾心開，頓見此心，朗然虛靜，不見有行可修，有果可證，所以說無修，亦無成就。唯一圓覺普照，只有寂滅之性。

❷**圓覺普照，寂滅無二**：圓覺普照是本有之妙智，寂滅是本有之妙理。理智一如，所以是無二。修習成就以後，就有這種境界現前。

❸**阿僧祇**：梵文Asaṃkhya的音譯，另譯阿僧企耶，意譯無數。阿僧祇是數之極，一阿僧祇相當於萬萬萬萬萬萬萬兆。

❹**恆河沙**：梵文Gangā-nadī-Vālukā的意譯，略稱恆沙，以恆河之沙譬喻物多，《大智度論》卷七稱：「問曰：如閻浮提中，種種大河亦有過恆河者，何故常言恆河沙等？答曰：恆河沙多，餘河不爾。復次，是恆河是佛生處、遊行處，弟子現見，故以為喻。復次，諸人經書皆以恆河為福德吉河，若入中洗者，諸罪垢惡皆悉除盡。以人敬事此

河，皆共識知，故以恆河沙爲喻。復次，餘河名字屢轉，此恆河世世不轉，以是故以恆河沙爲喻，不取餘河。」

❺**亂起亂滅**：一切事物都是由因緣而生，本無自性，如空花虛幻不實，成壞變遷，了無定體，所以說亂起亂滅。總顯空花無實，世界非有，只有圓覺普照，寂滅無二。

❻**不即不離**：圓覺不等同於世界，因爲世界從緣而生，本無自性。世界又不離覺性，因其當體即眞。

❼**無縛無脫**：在圓照寂滅性中，現起十種法界：地獄、餓鬼、畜生、阿修羅、人、天、聲聞、緣覺、菩薩、佛。前六界是凡夫，簡稱六凡。後四界是已經得到解脫的聖者，簡稱四聖。因惑業結縛，而成六凡。緣無爲解脫，而成四聖。雖然結縛和解脫不同，都是緣起而無自性，當體即眞，所以是無縛無脫。

❽**始知衆生本來成佛**：因爲無縛無脫，四聖六凡都是圓覺，既然圓覺是相同的，則衆生本來是圓覺，與佛無二無別，所以說本來成佛。

❾**生死涅槃猶如昨夢**：衆生的輪轉生死，諸佛取證涅槃，都是迷眼所見，並不是圓覺眞境，所以說猶如昨夜一夢。

❿**無起無滅**：因爲生死涅槃如夢，所以生死涅槃都是妄境，覺悟後才知道是空。因爲生死空，所以無起，即不起煩惱而成生死。因爲涅槃空，所以無滅，即不滅生死而證涅槃。因爲不成生死，則生死無來。因爲不證涅槃，則涅槃無去。

⓫**所證**：即涅槃。有得、失、取、捨四相。得、失二相，是對菩薩而言，如果是進修，則得涅槃而失生死；如果是懈退，則得生死而失涅槃。取、捨二相，是對凡人和小乘佛教而言，小乘佛教慕滅諦，則厭生死而取涅槃，凡夫樂世間，則取生死而捨涅槃。這是約夢事迷位而言。如果是從夢而覺，就會認識到生死涅槃都是空，沒有起滅去來之相，所以說所證之相也是空，無得也無失，無取也無捨。

⓬**能證**：能證之行有四：㈠作行。即作種種行，以求涅槃；㈡止行。即永息諸念，一切寂然；㈢任行。即任彼一切，隨諸法性；㈣滅行。即身心根塵，一切永滅。因爲所證四相是空，能證四行也是空。

⓭**法性**：事物的眞實屬性，與實相、眞如等同義，中觀以性空爲法性，唯識以唯識實性爲法性。

⓮**如是修行**：即如前所説，修習禪定，嚴守戒律。

⑮**如是漸次**：即先空幻身，次空幻心，次空幻覺，次空幻空。

⑯**如是思惟**：總是這樣想：堅持這樣的修行，幻身即滅，幻心亦滅。

⑰**如是住持**：堅持這樣的修行，諸幻盡離，一切清淨。

⑱**如是方便**：方便是梵文Upāya的意譯，另譯善巧、變謀等，音譯漚和。全稱方便善巧、方便勝智，梵文Upāyakauśalya的意譯，音譯漚和俱舍羅。菩薩度脱衆生所採取的各種靈活方法，又指修行所採取的各種靈活方法。上述修行、漸次、思惟、住持等，由淺入深，都是方便法門。

⑲**如是開悟**：開悟即開智悟理，按照上述方法修行，就能夠得觀依理成事，融事同理，使世間法和出世間法一道清淨，不僅自身豁然貫通，也使衆生開智悟理。

譯文

這時候，世尊爲了重複宣講這個意思，而以偈頌說：

普眼菩薩！你應當知道，所有的一切衆生，身體和心理都如幻化，身體是四大和合而成，心理是六根六塵相互爲緣所起的作用。地、水、火、風四大體性各自分離，誰作爲和合者呢？這樣逐漸地修行，一切心、身、世界都清淨。自性不動，遍滿法界，無作無止無任無滅，也沒有悟道能證之人。所有的一切諸佛世界，猶如空中之花。於三世當中，一切佛和衆生都平等。到最後的境界，是沒有來，也沒有去。剛剛發心學佛的菩薩，以及末法時期的衆生，要想修行而成就佛道，應當按照這個方法去修行。

原典

爾時，世尊欲重宣此義，而說偈言：

普眼汝當知，一切諸衆生，身心皆如幻❶。身相❷屬四大，心性❸歸六塵。四大體各離，誰為和合者？如是漸修行，一切悉清淨，不動遍法界。無作止任滅，亦無能證者。一切佛世界，猶如虛空華，三世悉平等，畢竟無來去。初發心❹菩薩，及末世衆生，欲求入佛道❺，應如是修習。

注釋

❶**如幻**：人們見聞覺知的一切事物，都如幻化，假有非實，所以是空。

❷**身相**：身之相貌，相當五蘊（色、受、想、行、識）的色蘊，由地、水、火、風四大和合而成。

❸**心性**：由受、想、行、識四蘊構成的心體。

❹**發心**：發菩提心之略，意謂願求無上菩提之心。

❺**佛道**：梵文菩提（Bodhi），新譯爲覺，舊譯爲道，道爲通義。佛智圓通無礙，所以稱之爲道。道有三種：一、聲聞之所得，二、緣覺之所得，三、佛之所得。佛所得無上菩提，稱之爲佛道。

4 金剛藏章

譯文

於是，在廣大徒衆中的金剛藏菩薩，立即從座位上站起來，向佛足頂禮，向右繞三圈，長跪合掌，告訴佛說：大慈大悲的世尊啊！您剛才已經很好地爲各位菩薩及其眷屬，解說闡揚如何成佛的圓覺清淨大陀羅尼之因地行法，和漸次方便法門，替各位有情衆生開啓蒙昧迷糊的心智。與會求法大衆承蒙佛的慈悲教誨，原來猶如眼睛生病，模糊一片，聽了您的教誨以後，豁然開朗，智慧之眼目清晰明了。

世尊！假若各位有情衆生本來就是佛，爲什麼又有一切無明呢？如果各種無明，對於有情衆生來說，本來就有，由於什麼因緣，如來又說有情衆生本來是佛呢？如果說十方衆生本來是佛，後來才生起無明，一切如來，什麼時候才又產生一切煩惱呢？

只希望如來寬容平等，施展大慈大悲，爲各位菩薩打開秘密藏，並使末法時期的一切有情衆生，聽聞這種經教了義法門，永遠斷除疑悔。這樣講完以後，行五體投地禮。這樣懇切地啓請了三次，請求世尊教誨。

這時候，世尊告訴金剛藏菩薩說：好啊！好啊！善男子！你能夠爲各位菩薩及末法時期的有情衆生，向如來詢問最深最秘密最究竟的方便法門，是一切菩薩們最高的教育方法，這是大乘道的了義法門。能使十方修學的菩薩和末法時期的一切有情衆生，得到決定信，永遠斷除懷疑和後悔。現在請你仔細聽，我要爲你說。這時候，金剛藏菩薩聽了佛的教誨以後，非常歡喜，在座的廣大徒衆都默然聆聽。

原典

於是，金剛藏菩薩❶在大衆中，即從座起，頂禮佛足，右繞三匝，長跪叉手而白佛言：大悲世尊！善爲一切諸菩薩衆，宣揚如來圓覺清淨大陀羅尼因地法行，漸次方便❷，與諸衆生開發蒙昧，在會法衆，承佛慈誨，幻翳朗然，慧目清淨。

世尊！若諸衆生本來成佛，何故復有一切無明❸？若諸無明衆生本有，何因緣故如來復說本來成佛？十方異生❹本成佛道，後起無明，一切如來何時復生一切煩惱❺？

唯願不捨無遮❻大慈，爲諸菩薩開秘密藏❼，及爲末世一切衆生，得聞如是修多羅

❽教了義❾法門❿，永斷疑⓫、悔⓬。作是語已，五體投地，如是三請，終而復始。

爾時，世尊告金剛藏菩薩言：善哉！善哉！善男子！汝等乃能爲諸菩薩及末世衆生，問於如來甚深秘密究竟方便，是諸菩薩最上教誨了義大乘，能使十方修學⓭菩薩及諸末世一切衆生得決定信⓮，永斷疑、悔。汝今諦聽，當爲汝說。爾時，金剛藏菩薩奉教歡喜，及諸大衆默然而聽。

注釋

❶**金剛藏菩薩**：金剛藏菩薩是梵文Vajragarbha的意譯，金剛藏菩薩是密教金剛界賢劫十六尊之一，這一菩薩明王現忿怒身，或持金剛杵以伏惡魔，稱之爲金剛藏王。

❷**漸次方便**：第一章標明本起因地，説明淨覺隨順；第二章依如幻三昧，説明頓悟淨覺；第三章説明隨順修習。由頓至圓，所以稱之爲漸次方便。

❸**無明**：梵文Avidyā的意譯，又稱爲「癡」（moha）、愚癡、愚惑等，十二因緣之一、三毒之一、根本煩惱之一。意謂愚昧無知，不懂得四聖諦、三寶、業報輪迴等佛教眞理。

❹**異生**：凡夫異名，凡夫在天、人、阿修羅、畜生、餓鬼、地獄六道輪迴不息，受種種別異之果報。凡夫由於種種變異而生邪見造惡，所以稱爲異生，《玄應音義》卷二十四稱：「異生，梵言婆羅必栗託仡那（Bālapṛthagjana），婆羅，此云愚，必栗託，此云異，仡那，此名生。應作愚異生，言愚癡闇冥，無有智慧，但起我見，不生無漏也。亦言小兒別生，以如小兒不同聖生，故論中作小兒凡夫也。又名嬰愚凡夫，亦云嬰兒凡夫，凡夫者，義譯也，舊經中或言毛道凡夫，按：梵本，毛，名嚩羅；愚，名婆羅，當由上婆聲之相近致斯訛謬，譯人之失也。」

❺**煩惱**：梵文kleśa的意譯，另譯爲惑，意謂擾亂衆生身心，使之發生迷惑、苦惱等，處於潛在的尚未現行的煩惱稱爲隨眠，現行煩惱稱爲纏，又通稱爲漏。貪、瞋、癡、慢、疑、惡見，是根本煩惱。隨煩惱有二十種：放逸、懈怠、不信、惛沈、掉舉、無慚、無愧、忿、覆、慳、嫉、惱、害、恨、諂、誑、憍、失念、散亂、不正知。

❻**無遮**：意謂廣大，没有遮蓋，寬容平等。

❼**秘密藏**：即秘密法藏，這種法藏非常深奥難懂，只有佛才能理解，凡夫衆生無法理解，所以稱之爲「密」。如來爲了護念深法，則秘之而不説示，所以稱之爲「秘」。

❽**修多羅**：梵文sūtra的音譯，另譯素怛纜，意譯爲經，三藏（經、律、論）之一。

❾**了義**：二義（了義、不了義）之一，明了說明究竟眞實之理的大乘經典，如煩惱即菩提等。佛曾遺囑依了義不依不了義。

❿**法門**：佛所說的世間法則稱爲法，此法是衆聖入道之門，所以稱爲法門。有情衆生有八萬四千種煩惱，所以佛爲之說八萬四千法門。

⓫**疑**：梵文vicikitsā的意譯，小乘佛教說一切有部不定地法之一，唯識宗的煩惱法之一。意謂對佛教及其義理猶豫不決，《大乘廣五蘊論》稱：「云何疑？謂於諦、寶等，爲有、爲無，猶豫不定，不生善法所依爲業」。

⓬**悔**：梵文kaukṛtya的意譯，另譯惡作，小乘佛教說一切有部的不定地法之一，唯識宗的四不定之一。意謂對以前所作的事情感到後悔，《俱舍論》卷四稱：「惡作者何？惡所作體名爲惡作，應知此中緣惡作法說名惡作，謂緣惡作心追悔性。」

⓭**修學**：修習研學佛道。

⓮**決定信**：堅定不移地信仰佛教，不摻任何懷疑。

譯文

善男子！一切世界的始終、生滅、前後、有無、聚散、起止，最終歸於念念相續的心理活動，循環往復不息，種種取和捨，都是輪迴。在沒有解脫輪迴以前，如果辨別圓覺的話，那種圓覺性就與輪迴一樣。要想跳出輪迴，是根本不可能的。譬如轉動眼珠，就像清湛之水在搖動一樣。又比如眼珠固定不動，由於旋轉火而成火圈。由於雲在飄，看上去好像是月亮在動。船行，如河岸在移動，也是這種情況。

善男子！上述各種旋轉還沒有停息的時候，讓某一事物首先停住，尚且是不可能的，更何況是輪轉生死的汚垢之心呢？它從來就沒有清淨過。因爲以旋轉不息的妄心，是轉回不到佛的圓明覺性，所以認不清佛的圓明覺性，由此你們便產生以上三種疑惑。

原典

善男子！一切世界❶始終、生滅、前後、有無、聚散、起止，念念相續，循環往復，種種取捨，皆是輪迴❷。未出輪迴而辯圓覺，彼圓覺性即同流轉❸，若免輪迴，無有是處。譬如動目，能搖湛水。又如定眼，由回轉火。雲駛月運，舟行岸移，亦復如是。

善男子！諸旋❹未息❺，彼物先住❻，尚不可得，何況輪轉生死垢心？曾未清淨，觀佛圓覺而不旋復，是故汝等便生三惑❼。

注釋

❶**一切世界**：即三種世間：㈠正覺世間。即四聖：聲聞、緣覺、菩薩、佛；㈡有情世間。即六凡：地獄、餓鬼、畜生、阿修羅、人、天；㈢器世間。山河大地等。

❷**輪迴**：梵文saṃsāra的意譯，另譯輪迴、生死輪迴、輪迴轉生、流轉、輪轉等，音譯僧沙洛。有情衆生在三界（欲界、色界、無色界）、六道（天、人、阿修羅、畜生、餓鬼、地獄）、四生（胎生、卵生、濕生、化生）的生死世界循環不已，猶如車輪旋轉不停。

❸**流轉**：輪迴的異名。

❹**諸旋**：即前述目動、眼定、雲駛、舟行。

❺**未息**：意謂正動、正定、正駛、正行之時。

❻**彼物先住**：意謂目正動而水先不搖，眼正定而火先不轉，雲正駛而月先不運，舟正行而岸先不移。

❼**三惑**：即金剛藏菩薩所提的三個問題：「若諸衆生本來成佛，何故復有一切無明？若諸無明衆生本有，何因緣故，如來復說本來成佛？十方異生本成佛道，後起無明，一切如來，何時復生一切煩惱？」

譯文

善男子！譬如眼睛害病得翳，產生幻覺，虛妄地見到空中之花，如果將幻翳除掉，不能說這種幻翳已經消滅，也不能說什麼時候再次生起一切各種幻翳。爲什麼呢？因爲幻翳和空中之花二種東西，不是相待而成立。又如眼病治好了，空中之花沒有了，這時候，不能說虛空之中什麼時候再次生起空中之花。爲什麼呢？因爲虛空之中本來就沒有花，更沒有生起和消滅。生死同於空花的生起，涅槃同於空花的消滅，在自己的妙覺圓照之中，沒有空中之花，也沒有幻翳。

善男子！應當知道，自然界的虛空並不是暫時而有，也不是暫時而無，更何況如來的圓覺空性，而爲虛空的平等本性。

善男子！如銷鎔金礦，金並不是因爲銷鎔而有，既然已經成爲金，就不再變爲礦，經過無窮無盡的時間，金性不被破壞，不應當說金性本來就沒有形成。如來的圓覺，也是這樣。

善男子！一切如來的妙圓覺心，本來就沒有菩提，也沒有涅槃，也沒有成佛，也沒有不成佛，也沒有虛妄的輪迴，也沒有非輪迴。

原典

善男子！譬如幻翳❶，妄見空華❷，幻翳若除❸，不可說言此翳已滅，何時更起一切諸翳。何以故？翳、華二法非相待故，亦如空華滅於空時，不可說言虛空何時更起空華。何以故？空本無華，非起滅故。生死、涅槃同於起、滅，妙覺圓照，離於華、翳。

善男子！當知虛空❹非是暫有，亦非暫無，況復如來圓覺隨順❺，而爲虛空平等本性❻。

善男子！如銷金礦❼，金非銷有❽，既已成金，不重爲礦，經無窮時，金性不壞，不應說言本非成就。如來圓覺，亦復如是。

善男子！一切如來妙圓覺❾心，本無菩提及與涅槃，亦無成佛及不成佛，無妄輪迴及非輪迴。

注釋

❶**幻翳**：翳是一種眼病，幻是幻覺。幻翳比喻前六識，因爲前六識依第八識阿賴耶識虛妄變現而起。

❷**妄見空華**：既然翳是幻，所見是不眞實的，這就是「妄」的意思，以此說明第六識的虛妄分別。空中本來沒有花，因其妄見而有，所以空花是虛幻不實的，是假有，是空。

❸**幻翳若除**：翳病因服藥而消除，比喻聽聞佛法，就認識到空。

❹**虛空**：此中虛空比喻眞如淨覺，也就是成佛本體，即佛性。不因離華翳而暫有，也不因有華翳而暫無。以此說明虛空固有，暫時爲華翳所覆蓋，以此比喻佛性固有，衆生

爲二執所障。

❺**如來圓覺隨順**：圓覺意謂圓覺妙性，《大乘起信論》稱爲一心，唯佛獨證，所以稱爲如來圓覺。隨順，意謂隨順心眞如門和心生滅門，以此成立虛空等一切事物。

❻**而爲虛空平等本性**：佛的圓覺既然能夠成立虛空，即爲虛空本性。又能成立諸法，即爲諸法本性。因爲虛空、諸法都能成立，所以稱爲平等本性。證得此性，則異生諸佛、無明煩惱等，都是幻化，都是空。

❼**如銷金礦**：蘊金稱爲礦，爐鎔稱爲銷。比喻修行的人們，以智慧斷除疑惑，以顯明圓覺妙性。

❽**金非銷有**：說明礦中本來就有金，以此比喻圓覺妙性本來就有，並不是因爲修行而有。

❾**妙圓覺**：離煩惱障稱爲妙，說明無明盡除。體備衆德稱爲圓，永不再迷稱爲覺，這就是一切有情皆有本覺、眞心，自無始以來靈明朗照，所以說本無菩提和涅槃。

譯文

善男子！只是各種聲聞所證得的圓覺境界，身心語言都已經斷滅了，終究不能達到他所親證所現的涅槃境界，更何況是以有思惟心，測度如來的圓覺境界，就像是取螢火蟲般的小火來燃燒須彌山一樣，永遠點不著，這是以輪迴中的妄想心，生出輪迴中的錯誤知見，而以此想要來進入於如來的寂滅海中，是永遠達不到的。所以我說一切菩薩及末法時期的有情衆生，首先要斷除無始以來的輪迴根本。

善男子！我們產生思惟，是由於第六識意識的作用，由於受到色、聲、香、味、觸、法六塵的影響，所起的反應。這種心理反應還要依靠氣才能存在，並不是實有心體，已如空中之花一樣。用這種思惟辨別佛境，就像是以虛幻的空中之花，期待虛幻的空果，展轉都是妄想，沒有對的地方。

善男子！虛妄的緣影妄想，很多都是自作聰明之見，這不是眞正的方便，欲證圓覺，終究不能成功。以這樣的虛妄分別心，提出這樣的問題，不是正確的提問。

原典

善男子！但諸聲聞❶所圓境界，身心語言皆悉斷滅，終不能至彼之親證所現涅槃，何況能以有思惟心，測度如來圓覺境界。如取螢火，燒須彌山❷，終不能著，以輪迴心，生輪迴見，入於如來大寂滅海❸，終不能至。是故我說一切菩薩及末世衆生，先斷無始輪迴根本。

善男子！有作思惟，從有心起，皆是六塵妄想緣氣❹，非實心體，已如空華。用此思惟，辨於佛境❺，猶如空華，復結空果❻，輾轉妄想❼，無有是處。

善男子！虛妄❽浮心，多諸巧見，不能成就圓覺方便，如是分別，非爲正問。

注釋

❶**聲聞**：梵文Śrāvaka的意譯，意謂直接聽聞佛陀言教而得覺悟者，原指佛在世時的弟子，後與緣覺、菩薩合稱三乘，以修學四諦爲主，最高果位是阿羅漢，最終目的是達到「灰身滅智」的無餘涅槃。

❷**須彌山**：梵文Sumeru的音譯，另譯修迷盧、須彌樓、蘇迷盧等，意譯妙高、妙光、安明、善高、善積等。印度神話中的山名，後被佛教所採用。相傳山高八萬四千由旬，山頂爲帝釋天，四面山腰爲四天王天，周圍有七香海、七金山。第七金山外有鐵圍山所圍繞的鹹海，鹹海四周有四大部洲。

❸**大寂滅海**：即大涅槃，因爲涅槃另譯寂滅。橫豎賅窮稱爲大，「寂」意謂無聲，不能用語言詮釋。「滅」意謂無形無相。體備衆德，用賅萬有，所以比喻爲海，大海無邊無際，涅槃境界也是這樣。

❹**緣氣**：以能緣之妄想，攀六塵之緣影，能、所互合，所生擾亂之相，屬於氣分。並無生滅之相，只是生滅之影，有情衆生的亂想，就屬於氣分。

❺**佛境**：不可思議的佛之境界，《華嚴經》卷二稱：「諸佛境界不思議，一切法界皆周遍。」

❻**空果**：虛空之果實，和空花一樣是虛幻不實的，是幻有，假有，是空。

❼**妄想**：不實稱爲妄，妄爲分別而取種種相，稱爲妄想，《大乘義章》卷三本稱：「凡夫迷實之心，起諸法相，執相施名，依名取相，所取不實，故曰妄想。」

❽**虛妄**：意謂不眞實，非實稱爲虛，非眞稱爲妄。

譯文

這時候，世尊爲了重新宣講這個意思，於是說了以下偈頌：

金剛藏菩薩！你應當知道，如來的寂滅清淨自性，從來就沒有開始，也沒有結束。假若以輪迴心思惟佛境界，則永遠在妄想中迴旋，始終在輪迴中而不得解脫，永遠達不到佛的境界。比如銷熔金礦而得純金，金子並不是因爲銷熔而有。雖然本來是金，經過銷熔金礦而成純金，一旦成爲純金，就不能再次成爲金礦。生死與涅槃，凡夫和諸佛，都是空花之相，人們的思惟就如幻化一樣，更何況是各種虛妄之境呢？假若能夠了此虛妄心，然後才能求得圓覺。

原典

爾時，世尊欲重宣此義，而說偈言：

金剛藏當知，如來寂滅❶性，未曾有始終。若以輪迴心，思惟即旋復，但至輪迴際，不能入佛海❷。譬如銷金礦，金非銷故有，雖復本來金，終以銷成就，一成真金體，不復重為礦。生死與涅槃，凡夫❸及諸佛，同為空華相。思惟猶幻化，何況諸虛妄？若能了此心，然後求圓覺。

注釋

❶**寂滅**：涅槃（Nirvāṇa）的意譯，其體寂靜，離一切之相，所以稱爲寂滅。

❷**佛海**：佛的境界，廣大無邊，猶如大海。《探玄記》卷三稱：「佛海者，能化之佛，非一如海，謂遍一切處而轉法輪故。」

❸**凡夫**：異生的異名，與聖人相對。沒有斷惑證理者，稱爲凡夫。「凡」意謂平凡、平常。又有「多」義，指衆生種類之多。

5 彌勒章

譯文

於是，在廣大徒衆中的彌勒菩薩，立即從座位上站起來，向佛足頂禮，向右繞三圈，長跪合掌，對佛說：大慈大悲的世尊！請您爲各位菩薩詳細開示修行的秘密要點，使各位廣大徒衆深刻覺悟輪迴，辨別錯誤和正確，請您爲末法時期的一切有情衆生，布施無畏道眼，對大般涅槃產生決定信，使他們不要再次輪迴，生起顚倒錯誤的想法。

世尊！假若各位菩薩及末法時期的有情衆生，要想在如來的偉大寂滅海中，自由自在地遊戲，應當怎樣斷除輪迴的根本呢？在各種輪迴當中，有幾種屬性呢？要想修成佛道，大徹大悟，有那些層次差別呢？已經擺脫輪迴的諸佛和菩薩，因爲悲憫衆生，再次來到塵世度脫衆生，應當施設幾種教化的方便法門，才能度脫各類衆生呢？但願佛不捨救世的大慈大悲，使各位修行的一切菩薩和末法時期的有情衆生，智慧眼目清晰明朗，自能照耀心鏡，圓滿覺悟如來的無上智慧，無所不知，無所不見。這樣講了以後，行五體投地禮。這樣懇切地啓請了三次，請求世尊教誨。

這時候，世尊告訴彌勒菩薩說：好啊！好啊！善男子！你現在能夠爲各位菩薩及末法時期的有情衆生，請求詢問如來最深奧、最秘密、最微妙的教義，使各位菩薩慧目潔淨，並使末法時期的有情衆生，永遠斷除輪迴，使其心覺悟諸法實相，具無生忍，請你現在仔細聽，我要爲你解說。彌勒菩薩聽到釋迦牟尼佛要說法，非常高興，在座大衆都默然聆聽。

原典

於是，彌勒菩薩❶在大衆中，即從座起，頂禮佛足，右繞三匝，長跪叉手而白佛言：大悲世尊！廣爲菩薩開秘密藏，令諸大衆深悟輪迴，分別邪正，能施❷末世一切衆生無畏❸道眼❹，於大涅槃生決定信，無復重隨輪轉❺境界，起循環見。

世尊！若諸菩薩及末世衆生欲游如來大寂滅海，云何當斷輪迴根本？於諸輪迴有幾種性？修佛菩提幾等差別？回入塵勞❻，當設幾種教化方便，度諸衆生？惟願不捨救世大悲，令諸修行一切菩薩及末世衆生，慧目❼肅清，照耀心鏡❽，圓悟如來無上知見。

作是語已，五體投地。如是三請，終而復始。

爾時，世尊告彌勒菩薩言：善哉！善哉！善男子！汝等乃能爲諸菩薩及末世衆生，請問如來深奧秘密微妙之義，令諸菩薩潔清慧目，及令一切末世衆生，永斷輪迴，心悟實相❾，具無生忍❿，汝今諦聽，當爲汝說。時彌勒菩薩奉教歡喜，及諸大衆默然而聽。

注釋

❶**彌勒菩薩**：彌勒是梵文Maitreya的音譯，意譯慈氏。彌勒菩薩從佛授記（預言）將繼承釋迦牟尼佛位而爲未來佛（當佛）。他原出生於婆羅門家庭而爲佛弟子，先佛入滅，上生於兜率天內院，經四千歲（相當於人世間的五十六億七千萬歲）下生人間，於華林園龍華樹下成佛，弘揚佛法。彌勒菩薩又稱爲「一生補處」，因爲他像釋迦牟尼佛一樣，將在人間投胎、出生、出家、修道、證果、度衆生。中國一些寺廟裡供奉的笑口常開胖彌勒像，則爲五代時名爲契此的和尚，因爲傳說他是彌勒的化身，所以後人塑像作爲彌勒供奉。

❷**施**：布施之略，梵文Dāna的意譯，音譯檀那。離慳貪吝惜而施與他人。六度（布施、持戒、忍辱、精進、禪定、般若）之一，有三種布施：財施、無畏施、法施。

❸**無畏**：又稱爲無所畏，佛於大衆中說法，泰然無畏。有四無畏、六無畏之分。四無畏如下：一切智無所畏、漏盡無所畏、說障道無所畏、說盡苦道無所畏。六無畏如下：善無畏、身無畏、無我無畏、法無畏、法無我無畏、平等無畏。

❹**道眼**：修習佛道而得之眼，也可以是觀道之眼。即辨析邪正之眼，即正慧。

❺**輪轉**：與輪迴同義，有情衆生在三界（欲界、色界、無色界）、六道（天、人、阿修羅、畜生、餓鬼、地獄）輪轉不息，不斷受苦。

❻**塵勞**：煩惱的異名，有情衆生在塵世勞勞碌碌，不斷遭受煩惱的折磨，所以稱爲塵勞。

❼**慧目**：即道眼，意謂智慧之目，其性清淨，能辨邪正。

❽**照耀心鏡**：正慧是能照，心境是所照。即心地開通之義。心地開通，則無所不知，無所不見。

❾**實相**：一切事物的眞實相狀，與法性、眞如、性空、無相、眞性、實際、實性等同義，「實」爲眞實而不虛妄，「相」爲無相。

⑩**無生忍**：又稱爲無生法忍、無生忍法等，「忍」是對眞理的認可，是智慧的別稱。「無生」是佛教關於無生無滅的理論。到一定階段的大乘菩薩，對無生無滅理論的認可，就稱爲無生忍。《大智度論》卷五十稱：「無生忍法者，於無生滅諸法實相中信受、通達、無礙、不退，是名無生忍。」

譯文

善男子！一切有情衆生從無始以來，因爲有種種恩愛和貪欲，所以有輪迴，假若各類世界的一切種性，包括卵生、胎生、濕生、化生，都是因爲淫欲而有性命。應當知道，輪迴以愛爲根本，由於種種欲望，而助長產生愛性，這就能夠使有情衆生生死相續。欲因爲愛而生，命因爲欲而有，有情衆生都愛惜自己的生命，還是依賴欲這個根本。愛欲是將來受生之因，愛命爲將來成身之果。由於可行欲之境，生起各種違境和順境，與愛心相違背，則生憎恨和嫉妒，造作種種惡業，所以又生到地獄受苦和餓鬼道。知道了愛欲的可怕，則心生厭離，便起心愛慕而欲行之，由此捨因欲所造之惡業，樂離欲防淫之善行，而又生天趣和人趣。而且，知道了各種愛欲的可怕，則心生厭惡，由此棄下界愛，希上界定，都以捨爲主。樂也是愛，即愛修捨定，還以滋生愛本，愛本即上界身心。以修捨定爲因，現有爲善果，這是增上善果。因爲這些都是輪迴，不算是聖道。所以，有情衆生要想脫離生死，免遭各種輪迴，應當首先斷除貪欲，還要斷除愛渴。

善男子！菩薩通過神通變化，示現於人世間，並不是以愛爲本，只是以慈悲心攝化衆生，使之捨棄諸愛，假借各種貪欲而入生死世間。假若末世一切衆生，能夠捨棄一切貪欲，並能滅除憎恨、癡愛之心，永遠斷除輪迴，勤求如來的圓覺境界，這於清淨心便得開悟。

原典

善男子！一切衆生從無始際，由有種種恩愛❶貪欲❷，故有輪迴，若諸世界一切種性❸，卵生❹、胎生❺、濕生❻、化生❼，皆因淫欲❽而正性命，當知輪迴，愛爲根本。由有諸欲助發愛性，是故能令生死相續。欲因愛生，命❾因欲有，衆生愛命，還依欲本，愛欲爲因，愛命爲果。由於欲境，起諸違順境，背愛心而生憎嫉❿，造種種業⓫，是故復生地獄⑫、餓鬼⑬。知欲可厭，愛厭業道⑭，捨惡樂善，復現天⑮、人⑯。又知諸愛可厭惡故，棄愛樂捨，還滋愛本，便現有爲增上⑰善果⑱，皆輪迴故，不成聖道⑲。是故衆生欲脫生死，免諸輪迴，先斷貪欲，及除愛渴⑳。

善男子！菩薩變化㉑，示現㉒世間㉓，非愛爲本，但以慈悲令彼捨愛，假諸貪欲而入生死。若諸末世一切衆生，能捨諸欲及除憎愛，永斷輪迴，勤求如來圓覺境界㉔，於清淨心㉕便得開悟。

注釋

❶**恩愛**：父母妻子等之間，互相感恩及溺愛之情。佛教認爲此情是造成煩惱結縛和輪迴的根本原因。

❷**貪欲**：引取順情之境的貪心，稱爲貪欲。即貪愛世間色欲、財寶等而無厭足。佛教認爲，貪欲是造成煩惱轉生輪迴的根本。

❸**種性**：「種」爲種子，有生之義。「性」爲性分，有不變之義。《瓔珞本業經》認爲有六種性：㈠習種性。即十住；㈡性種性。即十行；㈢道種性。即十迴向；㈣聖種性。

即十地；(四)等覺性。此位菩薩望後之妙覺，可算作一等，但勝於以前諸位菩薩，所以稱爲等覺性；(六)妙覺性。意謂妙極覺滿。

❹**卵生**：四生（卵生、胎生、濕生、化生）之一，依卵殼而生，《大乘義章》卷八本稱：「如諸鳥等，依於卵殼而受形者，名爲卵生。」

❺**胎生**：四生之一，如人類由母胎而生。劫初之人，男女未分，都是化生，以後發淫情而生男女二根，始爲胎生。

❻**濕生**：四生之一，如蚊等，由濕氣自行出生，稱爲濕生。

❼**化生**：四生之一，如天神、地獄、劫初之人等，不借父母等因緣而生出，即借善惡業力而出現者，所以稱爲化生。

❽**淫欲**：即色欲。衆生心繫淫欲而傷身，如病而得煩惱，所以戒淫是佛教戒律的重要內容之一。

❾**命**：又稱爲命根，梵文Jivita的意譯，能夠支持煖和識。《俱舍論》卷五稱：「命根體即壽，能持煖和識。」並非別有色心之體，由過去世之業而生，因而一期之間能夠維持煖和識，這就稱爲命。因爲命能持煖和識，所以稱爲根。根據大乘唯識學派的教

義，阿賴耶識的種子有住識之功能，一期之間能使色心相續，所以假名命根，並非別有命之實體。

❿**嫉**：梵文īrṣyā的意譯，小乘佛教說一切有部的小煩惱地法之一，大乘佛教唯識學派的隨煩惱之一，是對別人的成功發嫉妒的心理。《大乘廣五蘊論》稱：「云何嫉？謂於他盛事，心妒為性。為名利故，於他盛事，不堪忍耐，妒忌心生，自住憂苦所依為業。」

⓫**業**：梵文Karma的意譯，音譯羯磨。意謂造作，一般分為三業：身業（行動）、語業（又稱為口業，言語）、意業（思想活動）。

⓬**地獄**：梵文Naraka的意譯，另譯不樂、可厭、苦具、苦器等。六道中的最惡道，最苦的轉生。有八大地獄，又稱為八熱地獄：㈠等活地獄。生此者互相殘殺，涼風吹來，死而復活，更受苦害；㈡黑繩地獄。以黑鐵繩絞勒罪人；㈢衆合地獄。以衆獸、刑具等配合，殘害罪人；㈣號叫地獄。罪人受苦折磨，發出悲號；㈤大叫地獄。罪人比前者受的殘害更重，大聲喊叫；㈥炎熱地獄。以銅鑊、炭坑煮燒罪人；㈦大熱地獄。罪人受煮燒，比前更烈；㈧阿鼻地獄。又稱為無間地獄，罪人在此，不間斷地受苦。

⑬**餓鬼**：梵文Preta的意譯，音譯薜荔多、閑麗多等，佛教惡趣之一，種類很多，總的特徵是經常挨餓，有的腹大如鼓，喉細如針，沒有人給他們舉行祭祀，使之常受飢餓。居於閻魔王的地下宮殿，也居於人間墳地、黑山洞等處。

⑭**業道**：有情衆生所作的善業和惡業，通於六趣，所以稱之爲業道。

⑮**天**：梵文Deva的意譯，音譯提婆。天有光明之義、自然之義、清淨之義、自在之義、最勝之義，受人間以上勝妙果報之所，一部分在須彌山中，另一部分遠在蒼空，總名天趣，六趣之一。

⑯**人**：屬欲界，思慮最多，佛教六趣之一。

⑰**增上**：勢力強盛，稱爲增上。即增勝上進，加強力量以助長進展作用，令事物更形強大。

⑱**善果**：善業之因，所招感的善妙果報。

⑲**聖道**：意謂聖者之道。即聲聞乘、緣覺乘、菩薩乘三乘人所行之道。彼等已離煩惱，斷輪迴之苦。

⑳**愛渴**：又稱爲渴愛。愛欲之心，其貪強烈，如渴者求水。

㉑**變化**：轉換舊形，名爲變；無而忽有，名爲化。佛和菩薩，通過自己的神通力，能夠變化一切有情和非有情。

㉒**示現**：佛和菩薩，應機緣而現種種之身，如觀世音菩薩的三十三種應化身。

㉓**世間**：「世」爲遷流之義，破壞之義，覆眞之義。「間」爲中之義。墮於世中事物，謂之世間。又有間隔之義，世之事物，個個間隔而爲界畔，謂之世間，與世界同義。一般來説，有兩種世間：一、有情世間。即有生者；二器世間。即國土。

㉔**境界**：梵文Visya的意譯，自家勢力所及之境土，我得果報之界域，都稱之爲境界。

㉕**清淨心**：無疑之信心，無垢之淨心，無煩惱之心。

譯文

善男子！一切修菩提道的有情衆生，由於原本貪欲，發揮無明之性，顯現出衆生五種不同差別的種性，因爲有二種障而有深淺程度的不同。什麼是二障呢？一是理障。障礙正確的知見；二是事障。延續各種生死。

什麼是五性呢？善男子！假若理障和事障還沒有斷滅，就不能稱爲佛。假若有情衆生永遠捨除貪欲，首先斷除事障，還沒有斷除理障，只能悟入聲聞境界和緣覺境界，還不能明顯地住於菩薩境界。

善男子！假若末法時期的一切衆生，要想遊歷如來的大圓覺海，應當首先發願精勤斷除理障和事障，把二障降伏以後，就能夠悟入菩薩境界。假若事障和理障已經永遠斷滅，就可以進入如來的微妙圓覺境界，就可以到達菩提和大涅槃。

善男子！一切有情衆生都可以證得圓覺而成佛，必須得到善知識的啓發，依照他指點的「因地法行」去修習，這時候的修習便有頓悟和漸悟之分，如果遇到如來無上菩提的正確修行之路，衆生的根器沒有所謂大小之分，都能成就佛果。假若各類衆生，雖然都在尋求善友，如果遇到邪見者，就得不到正悟，這就稱爲外道種性。這是邪師的過失和錯誤，不是有情衆生的錯誤，這就稱爲有情衆生的五性差別。

原典

善男子！一切衆生由本貪欲❶，發揮無明❷，顯出五性❸差別不等，依二種障而現深淺。云何二障？一者理障❹。障正知見❺；二者事障❻。續諸生死。

云何五性？善男子！若此二障未得斷滅，名未成佛。若諸衆生永捨貪欲，先除事障，未斷理障，但能悟入聲聞、緣覺❼，未能顯住菩薩境界。

善男子！若諸末世一切衆生，欲泛如來大圓覺海❽，先當發願❾勤斷二障，二障已伏，即能悟入菩薩境界。若事、理障已永斷滅，即入如來微妙圓覺，滿足菩提及大涅槃。

善男子！一切衆生皆證圓覺，逢善知識❿，依彼所作因地法行，爾時修習，便有頓⓫、漸⓬，若遇如來無上菩提正修行路，根無大小，皆成佛果⓭。若諸衆生雖求善友，遇邪見者，未得正悟，是則名爲外道⓮種性，邪師過謬，非衆生咎，是名衆生五性差別。

注釋

❶**本貪欲**：此中「本」字，是一念不覺，蔽妙明爲無明之本。

❷**發揮無明**：六道衆生，墮於依他起性之中，身心都是無明，所以是「發揮無明」。

❸**五性**：即五種性：㈠習種性。即十住；㈡性種性。即十行；㈢道種性。十迴向；㈣聖種性。即十地；㈤等覺。與前相同。第二解爲：聲聞性、緣覺性、菩薩性、未定性、

闡提性。此中用第二解。

❹**理障**：又稱爲所知障，由其邪見障礙正知見。

❺**知見**：從意識來講稱爲知，從眼識來講稱爲見。推求稱爲見，覺了稱爲知。三智（一切智、道種智、一切種智）稱爲知，五眼稱爲見。

❻**事障**：又稱爲煩惱障，由於貪等事惑，使有情衆生相續生死，障礙涅槃。

❼**緣覺**：梵文Pratyekabuddha的意譯，另譯獨覺，音譯辟支迦佛陀，略稱辟支佛。佛涅槃以後，自己觀悟十二因緣之理而得道者。緣覺乘與聲聞乘合稱小乘佛教的二乘，再加菩薩乘而成三乘。

❽**大圓覺海**：大圓覺是廣大圓滿之覺，即佛智。圓覺之體，離過絶非；圓覺之相，豎窮橫遍；圓覺之用，用等恆沙。因其三者皆大，所以稱之爲海。

❾**願**：梵文Pranidhāna的意譯，志求滿足稱爲願。要遊歷大圓覺海，須要經過煩惱之流，風浪極大，又有五百由旬之廣，須要發大願，立大志，修大行。首要是發願，即四弘誓願，是緣四諦所發之願：㈠衆生無邊誓願度。是緣苦諦而度無邊衆生；㈡煩惱無盡誓願斷。此緣集諦；㈢法門無量誓願學。此緣道諦；㈣佛道無上誓願成，此緣滅諦。

❿**善知識**：「知識」意謂知其心意，知人是朋友的意思。《法華文句》卷四稱：「聞名爲知，見形爲識，是人益我菩提之道，名善知識。」

⓫**頓**：即頓悟，又稱爲頓了，與漸悟相對。一旦能把握佛教眞理，即可當下覺悟。

⓬**漸**：即漸悟，又稱爲漸了，與頓悟相對，經過長期修行，才能夠達到成佛的覺悟。

⓭**佛果**：佛爲萬行之所成，所以稱爲佛果。能成之萬行爲因，所成之萬德爲果。

⓮**外道**：佛教之外的其他宗教哲學派別，外道種類說法不一，主要指釋迦牟尼在世時的六師外道和九十六種外道。

譯文

善男子！菩薩們只是以大悲方便法門，進入各種世間，開發還沒有覺悟的人，乃至於示現種種形相，進入逆境界和順境界，與這些有情衆生共同生活在一起，教化他們，使之成佛，這些都是依靠無始以來的清淨願力。假若末法時期的一切有情衆生，於大圓覺起增上之心，當菩薩發起清淨大願的時候，應當這樣說：今天，但願我安住於佛的圓覺境界，懇求善知識指引，使我不要走上外道和二乘，依照誓願修行，逐漸斷除各種障礙，把障礙斷除乾淨以後，就圓滿實現了自己的誓願，便登上解脫清淨的法殿，證悟到偉大的圓覺妙莊嚴領域。

這時候，世尊爲了重新宣講這個意思，而說如下偈頌：

彌勒菩薩！你應當知道，所有的一切衆生，不能得到偉大的解脫，都是因爲貪欲的緣故，墮落在生死輪迴之中。假若能夠斷除憎恨和喜愛，並且斷除貪、瞋、癡，不因此而受差別種性之報，都能成就佛道。永遠消滅了煩惱障和所知障，還要求得善知識的指引，而得正確的覺悟，隨順菩薩的偉大誓願，依止大般涅槃。十方的各位大菩薩們，都是以本身的大悲願力，示現而入生死世間。現在修行的人們，以及末法時的有情衆生，努力勤奮斷除各種愛見，便回歸偉大的圓覺性。

原典

善男子！菩薩唯以大悲方便，入諸世間，開發未悟，乃至示現種種形相，逆順境界，與其同事，化令成佛，皆依無始淸淨願力❶。若諸末世一切衆生，於大圓覺，起增上心，當發菩薩清淨大願，應作是言：願我今者住佛圓覺，求善知識，莫值外道及與二乘❷，依願修行，漸斷諸障，障盡願滿，便登解脫清淨法殿，證大圓覺妙莊嚴域。

爾時，世尊欲重宣此義，而說偈言：

彌勒汝當知，一切諸衆生，不得大解脫❸，皆由貪欲故，墮落於生死。若能斷憎愛，及與貪❹、瞋❺、癡❻，不因差別性，皆得成佛道。二障永消滅，求師得正悟，隨順菩薩願，依止❼大涅槃。十方諸菩薩，皆以大悲願，示現入生死。現在修行者，及末世衆生，勤斷諸愛見❽，便歸大圓覺。

注釋

❶**願力**：誓願之力，又稱爲本願力，《大智度論》卷七稱：「莊嚴佛界事大，獨行功德不能成，故要須願力。」

❷**二乘**：即小乘佛教的聲聞乘和緣覺乘。

❸**解脫**：梵文Moksa的意譯，意謂擺脫煩惱業障的繫縛而得自由，《成唯識論述記》卷一稱：「言解脫者，體即圓寂。由煩惱障縛諸有情，恆處生死。證圓寂已，能離彼縛，

立解脱名。」

❹**貪**：梵文Rāga的意譯，小乘佛教說一切有部的不定地法之一，唯識的煩惱法之一，三毒之一。意謂貪愛、貪欲。《成唯識論》卷六稱：「云何爲貪？於有、有具染著爲性，能障無貪，生苦爲業。」此中「有」是指世俗衆生本身（五取蘊），「有具」是指有情衆生賴以生存的物質條件。

❺**瞋**：梵文Pratigna的意譯，小乘佛教說一切有部的不定地法之一，唯識的煩惱法之一，三毒之一。意謂仇恨和損害他人的心理，《大乘廣五蘊論》稱：「云何爲瞋？謂於有情樂作損害爲性。」

❻**癡**：梵文Moha的意譯，唯識煩惱法之一，三毒之一，意謂愚昧無知，不明事理，《成唯識論》卷六稱：「云何爲癡？於諸理事迷闇爲性，能障無癡，一切雜染所依爲業。」

❼**依止**：依賴止住有力有德之處，永不離別。

❽**愛見**：愛與見是二種煩惱，迷事之惑稱爲愛；迷理之惑稱爲見。如貪、瞋等是迷事之惑，我見、邪見等是迷理之惑。

6 清淨慧章

譯文

於是，在廣大徒衆中的清淨慧菩薩，立即從座位上站起來，向佛足頂禮，向右繞三圈，長跪合掌，告訴佛說：大慈大悲的世尊啊！您爲我們詳細分析解說如此不可思議的事情，我們從來沒有見過，也從來沒有聽過。今天，我們承蒙佛循循善誘，身心舒暢，得到很大的利益。請您爲各位與會求法大衆，重新宣講法王的圓滿覺性，一切衆生、諸位菩薩和如來，他們的所證所得有何差別？使末法時期的有情衆生，聽了佛所講的聖教，隨順聖教而開悟，漸次進入佛的境界。他這樣講了以後，行五體投地禮，這樣懇切地啓請了三次，請求世尊教誨。

這時候，世尊告訴清淨慧菩薩說：好啊！好啊！善男子！你能夠爲末法時期的有情衆生，詢問修行漸次的差別，你現在仔細聽，我來對你說。清淨慧菩薩聽到佛要說法，非常高興，在座的大衆也都靜靜地聆聽。

原典

於是，清淨慧菩薩在大衆中，即從座起，頂禮佛足，右繞三匝，長跪叉手而白佛言：大悲世尊！爲我等輩廣說如是不思議事，本所不見，本所不聞，我等今者蒙佛善誘，身心泰然，得大饒益。願爲諸來一切法衆❶，重宣法王❷圓滿覺性，一切衆生及諸菩薩、如來世尊，所證所得，云何差別？令末世衆生，聞此聖教，隨順開悟、慚次能入。作是語已，五體投地。如是三請，終而復始。

爾時，世尊告清淨慧菩薩言：善哉！善哉！善男子！汝等乃能爲末世衆生，請問如來漸次差別。汝今諦聽，當爲汝說。時清淨慧菩薩奉教歡喜，及諸大衆默然而聽。

注釋

❶**法衆**：隨順佛法之衆，即出家五衆：㈠比丘。受具足戒之男子；㈡比丘尼。受具足戒之女子；㈢式叉摩那，又稱爲學法女，將受具足戒而學六法的女子；㈣沙彌。出家受十戒之男子；㈤沙彌尼。出家受十戒之女子。

❷**法王**：佛於法自在，所以稱爲法王，《法華經．譬喻品》稱：「我爲法王，於法自在。」

譯文

善男子！圓覺自性，說明世間萬物皆無自性，眞如、法性是有的，所以要依性起修，沒有能取、所取，也沒有能證、所證。在實相當中，實際上沒有菩薩，也沒有衆生。爲什麼呢？菩薩和衆生都是幻化，因爲幻化滅了，一切皆空，沒有取者，也沒有證者，譬如眼根，它自己見不到眼睛，圓覺自性本身是平等的，其相是不平等的。有情衆生迷惑顚倒，不能除滅一切幻化境界，在應該滅掉而沒有滅掉的虛妄功用當中，便顯示出差別來，假若達到如來的涅槃境界，實際上沒有涅槃，也沒有得到涅槃的人。

善男子！一切有情衆生從無始以來，由於妄想而有我，於是就愛我，自己從來就不知道，由於念念生滅的心理作用，而生起憎恨和貪愛，躭著於五欲。假若遇到善知識，由於善知識的教授，使之開始覺悟到自己本有的清淨圓覺自性，發現明白了自己念頭的起起滅滅，就知道這一輩子都是自尋煩惱。假若有人把塵勞思慮永遠全部切斷，得到清淨法界。到達了清淨法界，但理解不透徹，認爲清淨是道，不清淨不是道，這種虛妄分別就是自我障礙，所以對於圓覺自性的認識不能自由自在，這就是凡夫的隨順覺性。

善男子！一切菩薩，由於自己的見解，使自己受到障礙，即使斷除了見解上的障礙，仍然停留在見覺境界中，由於見覺上的障礙，總以爲自己覺悟了，這就成爲障礙而不自在，這就稱爲沒入地菩薩的隨順覺性。

善男子！有照又有覺，這些都稱爲障礙，所以菩薩永遠是覺而不住，能照與所照，同時寂滅。譬如有人，自己砍掉自己的腦袋，因爲腦袋已經被砍掉了，就沒有能斷之人了。因爲一切都是心造，只要把自己的障礙心滅掉，各種障礙就都滅掉了。因爲障礙已經斷滅了，就不存在滅掉障礙者了。經教就如同指出月亮在哪裡的標記——手指一樣，假若已經見到了月亮，就知道其標記——手指，終究不是月亮。一切如來的各種言說，是用來開示菩薩的，情況也是這樣。這就稱爲已入地菩薩的隨順覺性。

原典

善男子！圓覺自性❶，非性❷性有❸，循諸性起，無取無證，於實相中，實無菩薩及諸眾生。何以故？菩薩眾生皆是幻化，幻化滅故，無取證者，譬如眼根，不自見眼，性自平等，無平等者。眾生迷倒❹，未能除滅一切幻化，於滅未滅妄功用中，便顯差別，若得如來寂滅隨順❺，實無寂滅及寂滅者。

善男子！一切眾生從無始來，由妄想我及愛我者，曾不自知念念生滅，故起憎愛，耽著五欲❻。若遇善友，教令開悟淨圓覺性，發明起滅，即知此生性自勞慮。若復有人，勞慮永斷❼，得法界淨，即彼淨解❽，爲自障礙，故於圓覺而不自在，此名凡夫隨順覺性❾。

善男子！一切菩薩見解爲礙，雖斷解礙，猶住見覺❿。覺礙⓫爲礙而不自在，此名菩薩未入地⓬者隨順覺性⓭。

善男子！有照有覺⓮，俱名障礙，是故菩薩常覺不住⓯，照與照者，同時寂滅⓰。譬如有人，自斷其首，首已斷故，無能斷者，則以礙心自滅諸礙，礙已斷滅，無滅礙者。修多羅教如標月指⑰，若復見月⑱，了知所標畢竟非月，一切如來種種言說，開示菩薩，亦復如是。此名菩薩已入地者隨順覺性。

注釋

❶**自性**：梵文Svabhāva的意譯，音譯私婆婆。意思是自有，即不依賴於任何事物的獨立存在。佛教唯識派認爲：世間萬物皆無自性，所以是空。而圓覺、法性、眞如等都有自性。中觀派認爲眞如等也沒有自性。

❷**非性**：本來平等之理，圓滿覺性，平等不二，本無差別，所以稱爲非性。

❸**性有**：非性中自有差別，因爲有隨緣之能，就生出十界差別之性，所以稱爲性有。緣有染淨之異，性有順逆之差，一切如來順修，一切衆生逆修，衆生一念不覺，即生三性：第一逆性，第二見性，第三色性。由逆修而成衆生性，由順修而成菩薩性、佛性，故有如來衆生之異。

❹**迷倒**：迷是不覺，倒是不正，既迷妙覺眞性，轉性成識，即將妙明轉爲無明。

❺**寂滅隨順**：二障永滅，一心圓明，諸法平等，理智一如，智外無理，理外無智，這就

稱為寂滅隨順。隨順，意謂隨順圓滿覺性。

❻**五欲**：即色、聲、香、味、觸五境，因為這五境能夠引起人們的欲望，所以稱為五欲。因為五欲能夠污染眞理，所以五欲又稱為五塵。

❼**勞慮永斷**：知圓覺是覺體而安然，了無形跡。

❽**淨解**：因為於事相不起妄動，住於清淨界，所以稱為淨解。

❾**凡夫隨順覺性**：見思初伏在凡位，雖然在凡位，但不違逆於圓覺，所以稱為凡夫隨順覺性。

❿**猶住見覺**：雖然斷除了解礙，仍然停留在執著見解為礙的覺性之中，這就是中道法愛，執以為是，不再要求進步，所以稱為猶住見覺。

⓫**覺礙**：既然住於見覺當中，這種覺也為障礙，所以稱為覺礙。

⓬**入地**：此中「地」字，是大乘菩薩十地（Daśabhūmi），即菩薩修行的十個階位：㈠歡喜地。又稱為極喜地、喜地，初證聖果，覺悟到我、法二空，能益自他，生大歡喜；㈡離垢地。又稱為無垢地、淨地，遠離能起任何犯戒之煩惱，使身心無垢清淨；㈢發光地。又稱為明地、有光地，成就殊勝之禪定，發出智慧之光；㈣焰勝地。又稱為焰

慧地、焰地，使慧性增盛；㈤難勝地。亦作極難勝地，使俗智與眞智合而相應，極難做到；㈥現前地。又稱爲現在地、目見地，由緣起之智，引生無分別智，使最勝般若現前；㈦遠行地。又稱爲深行地、深入地，住於無相行，遠離塵世間和小乘佛教的聲聞、緣覺二乘；㈧不動地。無分別智任運相續，不爲一切事相煩惱所動；㈨善慧地。又稱爲善哉意地、善根地等，成就四無礙解，具足十力，能遍行十方說法；㈩法雲地。成就大法智，具足無邊功德，法身如虛空，智慧如大雲。入地即入初地。

⑬**隨順覺性**：未入地菩薩，上求之心超越凡夫位，對後來說顯得低劣，不及聖位。既然已經超凡，則於覺性自然不逆，所以稱爲隨順。

⑭**有照有覺**：見解爲礙就是有照，猶住見覺，就是有覺，有照有覺都是障礙，所以有照有覺只是菩薩的初步階段。

⑮**常覺不住**：「常覺」是永恆的覺悟，「不住」是不再產生住著之心。因爲有照有覺都是障礙，所以入地菩薩無時不照，寂而常照，這就不成爲障礙了。因爲不再產生住著之心，則所照之礙和能照之覺同時寂滅，都不離圓覺自性。

⑯**照與照者，同時寂滅**：入地菩薩，以滅礙之心，滅除各種障礙。在障礙還沒有滅除的

時候，障礙爲所滅，覺悟爲能滅。障礙滅除以後，所滅之礙既然已空，能滅之覺悟也是空，都不離圓覺自性。所以是照與照者，同時寂滅。

⑰**修多羅教如標月指**：「教」即如來所說的一切經，「標月指」，如人以手指月示人，「以手指月」，指爲標月之指，經是以指喻教，以月喻心。說明如來的說教，本來是爲了說明心，標月之指，就是以比喻說明心之教。

⑱**若復見月**：人們應當因指而看到月亮，比喻學佛的人們，應當借教觀心，了知所標畢竟不是月亮。如果認爲手指就是月亮，這不僅沒有正確認識月亮，也沒有正確認識手指。這說明不應當執著手指，以比喻說明，學佛之人看教是爲了明心。不能正確認識心，也不能正確認識教，不應當執著於教。

譯文

善男子！貪、瞋、癡等一切障礙成佛的因素，本身就是究竟覺；得念和失念，無非都是解脫；成法和破法，都稱爲涅槃；智慧和愚癡，通通爲般若；菩薩和外道，所成就的法門，都是菩提；無明和眞如，境界並無區別；各種戒、定、慧和淫欲、忿怒、愚癡，都同樣是梵行；有情衆生和國土，本源都是同一法性；地獄、天宮，都是淨土；一切有情衆生，不管是有靈性，還是沒有靈性，都能夠成就佛道；一切煩惱，畢竟是解脫；我們的智慧如同大海一樣，充滿整個法界，充滿整個虛空，對於外界和內心的一切現象，都能清清楚楚地知覺明了。這就稱爲如來隨順覺性。

善男子！各位菩薩及末法時期的有情衆生，在任何時候都不會生起虛妄的幻想。對於各種妄心也不用息滅，安住於妄想境界，沒必要加以了知。對於不了知的事物，也不用去辨別是否是眞實的。那些有情衆生聽到這樣的法門，相信理解接受，並照此修持，不會產生驚恐怖畏，這就稱爲隨順覺性。

善男子！你們應當知道，這樣的有情衆生，過去生過去世曾經供養過百千萬億恆河沙數的諸佛和偉大的菩薩，已經種下了衆多功德，成爲萬德之本，佛說這種人就稱爲成就一切種智。

原典

善男子！一切障礙即究竟覺❶；得念失念❷，無非解脫；成法、破法❸，皆名涅槃；

智慧、愚癡❹，通爲般若❺；菩薩、外道所成就法，同是菩提；無明、眞如，無異境界；諸戒、定❻、慧❼，及淫、怒、癡，俱是梵行❽；衆生、國土❾，是一法性❿；地獄、天宮⓫，皆爲淨土；有性⓬、無性，齊成佛道；一切煩惱，畢竟解脫，法界海慧⓭，照了諸相⓮，猶如虛空。此名如來隨順覺性⓯。

善男子！但諸菩薩及末世衆生，居一切時⓰，不起妄念⓱。於諸妄心⓲亦不息滅。住妄想境，不加了知。於無了知，不辨眞實。彼諸衆生聞是法門，信解受持、不生驚畏，是則名爲隨順覺性。

善男子！汝等當知，如是衆生，已曾供養⓳百千萬億恆河沙諸佛及大菩薩，植衆德本，佛說是人名爲成就一切種智⓴。

注釋

❶**究竟覺**：《大乘起信論》所說的四覺（本覺、相似覺、隨分覺、究竟覺）之一，即菩薩大行圓滿究竟至極之覺，即成佛之位，《大乘起信論》稱：「如菩薩地盡，滿足方便，一念相應，覺心初起，心無初相，以遠離微細念故，得見心性，心即常住，名究

竟覺。」

❷**得念失念**：如果憶念斷礙，憶念立覺，能斷能立，這就是得念。斷不能斷，立不能立，這就是失念。得則爲得所縛，失則爲失所繫，都不能得到解脫。現在認爲：得與失相待而成立，因得而有失，因失而有得，得與失都不能獨立存在，同歸圓覺，因爲圓覺遠離繫縛，所以得念失念都是解脫。

❸**成法破法**：依教修行，精進就是成法，懈怠就是破法。成與破相待而成立，因破而有成，因成而有破，所以成、破都不是眞實存在，都是假有幻有，都是空，二者同歸圓覺，而圓覺又與涅槃同義，所以說「成法、破法、皆名涅槃。」

❹**智慧愚癡**：圓覺是不生滅法，能照諸礙，就是智慧，不能照礙就是愚癡，智慧和愚癡相待而成立，因智慧而有愚癡，因愚癡而有智慧，所以二者都是假有，同歸圓覺。

❺**般若**：梵文Prajñā的音譯，另譯波若、鉢羅若等，意譯爲智慧，這種智慧是佛特有的，能夠認識諸法實相。

❻**定**：禪定之略，三學（戒、定、慧）之一，梵文Samādhi的意譯，另譯等持，音譯三摩地、三昧等。心專注一境而不散亂的精神狀態，通過禪定，能夠產生智慧，《大乘

百法明門論忠疏》稱：「於所觀境，令心專注不散爲性，智依爲業。謂觀得、失、俱非境中，由定令心不散，依斯便有決擇智生。」

❼**慧**：分別事理決斷疑念之作用，也可以是通達事理的作用。智與慧雖爲通名，但二者是不同的，通達有爲之事情稱爲智，通達無爲空理爲慧，《成唯識論》卷九稱：「云何爲慧？於所觀境揀擇爲性，斷疑爲業，謂觀得、失、俱非境中，由慧推求，得決定故。」

❽**梵行**：「梵」爲清淨之義，斷淫欲之法爲梵行，即梵天之行法，修梵行則生梵天。《大智度論》稱：「斷淫欲天皆名爲梵天，說梵皆攝色界，以是故斷淫行法名爲梵行，離欲亦名梵，若說梵則攝四禪四無色定。」

❾**國土**：一切有情衆生的住處，稱爲國土。有淨土、穢土等之區別，天台宗認爲有四種國土：㈠凡聖同居土。分淨、穢二種，如閻浮提爲凡聖同居之穢土，如兜率之內宮、西方之極樂，爲凡聖同居之淨土；㈡方便有餘土。羅漢死後所生之國土；㈢實報無礙土。這是斷一分無明之菩薩所生之處；㈣常寂光土。佛的住處。

❿**法性**：與實相、眞如、涅槃等同義，即事物的本質、本源、本體，《成唯識論述記》

卷九：「性者體義，一切法體，故名法性。」

⓫**天宮**：梵文Devapura的意譯，音譯泥縛補羅，天神居住的宮殿。

⓬**有性**：有出離解脱之性，稱之爲有性，無佛性稱之爲無性，即闡提。

⓭**法界海慧**：佛地所以能夠融會各種對立的事物而歸入圓覺性，就是因爲法界智，法界即一眞法界，只佛地而有，依此一眞法界而起平等大慧，猶如大地一樣無量無邊，所以稱爲法界海慧。

⓮**照了諸相**：「諸相」即前述凡夫相、地前相、入地相。「照了」即認識到以前諸相都起自圓覺，了知其相爲實相，實相即無相，又歸入圓覺，所以下文説「猶如虛空」。

⓯**如來隨順覺性**：如來從最初發心，由凡夫經地前，至地上，畢竟圓滿至極，所以能夠遊大圓覺海，並證彼岸而入妙覺果地，所以稱爲如來隨順覺性。

⓰**一切時**：即六時，有二解：㈠晝三時和夜三時合爲六時。晝三時如下：晨朝、日中、日没。夜三時如下：初夜、中夜、後夜。㈡一年分爲六時，參見《大唐西域記》卷二：「又分一歲爲六時，正月十六日至三月十五日，漸熱也；三月十六日至五月十五日，盛熱也；五月十六日至七月十五日，雨時也；七月十六日至九月十五日，茂時也；九

月十六日至十一月十五日，漸寒也；十一月十六日至正月十五日，盛寒也。」

⓱**妄念**：意謂虛妄之心念，凡夫貪著色、聲、香、味、觸、法六塵虛妄境界之念。

⓲**妄心**：意謂虛妄分別之心，《大乘起信論》稱：「一切衆生，以有妄心，念念分別。」

⓳**供養**：奉獻香華、燈明、飲食、資財等物，資養佛、法、僧三寶，稱之爲供養。一般來說，有四種供養：飲食、衣服、臥具、湯藥。

⓴**一切種智**：三智（一切智、道種智、一切種智）之一，佛的智慧，因爲佛智圓明，能夠通達事物的總相和別相，能夠理解一切諸佛之道法，又能知曉一切衆生之因種。

譯文

這時候，世尊爲了重新宣講這一教義，而說如下偈頌：

清淨慧菩薩！你應當知道，大圓滿的菩提覺性，無所得，也無所證，沒有菩薩，也沒有衆生。覺的時候和沒有覺的時候，漸次有所差別。有情衆生被自己的見解障礙住了，見了道的菩薩始終沒有離開覺悟，入地菩薩永遠是寂滅，不執著一切事物之相。成佛以後，偉大的覺性圓滿遍一切處，這稱爲普遍隨順。末法時期的各類衆生，其心不產生虛妄幻想，佛說像這樣的人，現在世是因地菩薩。過去世供養過如恆河沙一樣多的佛，功德已經圓滿了，佛法中雖然有很多方便法門，都稱爲隨順智。

原典

爾時，世尊欲重宣此義，而說偈言：

清淨慧❶當知，圓滿菩提性，無取亦無證❷，無菩薩衆生。覺與未覺時，漸次有差別❸。衆生為解礙，菩薩未離覺，入地永寂滅❹，不住一切相，大覺悉圓滿，名為遍隨順。末世諸衆生，心不生虛妄，佛說如是人，現世即菩薩。供養恒沙佛，功德❺已圓滿，雖有多方便，皆名隨順智。

注釋

❶**清淨慧**：有情衆生的心智本來是清淨的，懂得了這種清淨，自然就開發了智慧。

❷**無取亦無證**：菩薩是能證之人，衆生是能取之人，既然所取、所證是沒有的，能取、

能證也是沒有的，都是幻化。

❸**漸次有差別**：因爲一切幻化，都生於如來妙圓覺心。滅得一分幻化，顯得一分覺性。所以幻滅就是覺時，幻未滅就是未覺時，所以「漸次有差別」。

❹**入地永寂滅**：入地前，有照有覺，都是障礙。入地後，能照、所照同時寂滅，不住一切相。

❺**功德**：「功」意謂福利之功能，這種功能是善行之德，所以稱爲功德。《大乘義章》卷九稱：「言功德，功謂功能，善有資潤福利之功，故名爲功。此功是其善行家德，名爲功德。」「德」又有「得」的意思，修功有所得，所以稱爲功德。《勝鬘寶窟》卷上本稱：「惡盡言功，善滿曰德。又德者得也，所功所得，故名功德也。」

7威德自在章

譯文

於是，在廣大徒衆中的威德自在菩薩，立即從座位上站起來，向佛足頂禮，繞佛右轉三圈，長跪合掌，對佛說道：大慈大悲的世尊！您爲我們全面詳盡地分析開示了如何隨順各自的覺性，讓求大乘道的各位菩薩覺心光明。承蒙佛的圓妙聲音教化，使我們不經修習即可獲得善妙利益。

世尊啊！譬如一座大的城池，外圍有四座城門，隨便從哪一方來，都可以進入城內。進城的道路並非一條。同樣，一切菩薩莊嚴佛國以及成就菩提的法門也並非一種。現在，只希望世尊能爲我們更加廣泛地宣講一切成佛的法門和漸修次第，以及修行者共有幾種，以使今天參加這次法會的菩薩和末法時期求大乘道的有情衆生能夠速得開悟，遊戲於如來廣大的寂滅之海。講完上述言語，便行五體投地大禮，這樣懇切地啓請了三次，請求世尊教誨。

這時候，世尊對威德自在菩薩說道：好啊！好啊！善男子！你能夠爲一切求大乘道的菩薩和末法時期的有情衆生詢問如來這些方便，現在你就仔細聽，我來爲你解說。

這時候，威德自在菩薩聽到佛要說法，十分高興，在座的大衆也都靜靜地聆聽。

原典

於是，威德自在菩薩❶在大衆中，即從座起，頂禮佛足，右繞三匝，長跪叉手而白佛言：大悲世尊！廣爲我等分別如是隨順覺性❷，令諸菩薩覺心光明❸。承佛圓音❹，不因修習而得善利❺。

世尊！譬如大城外有四門❻，隨方來者，非止一路。一切菩薩莊嚴佛國❼及成菩提，非一方便。唯願世尊廣爲我等說一切方便漸次，並修行人總有幾種，令此會菩薩及末世衆生求大乘者，速得開悟❽，遊戲如來大寂滅海❾。作是語已，五體投地，如是三請，終而復始。

爾時，世尊告威德自在菩薩言：善哉！善哉！善男子！汝等乃能爲諸菩薩及末世衆生，問於如來如是方便，汝今諦聽，當爲汝說。時威德自在菩薩奉教歡喜，及諸大眾默然而聽。

注釋

❶**威德自在菩薩**：梵文名爲Vipulardhi，三十三觀音之一。其像左手持蓮花，坐在巖上，配於《法華經》的〈普門品〉。所謂「應以天大將軍身得度者，現天大將軍身而爲說法」，此大將軍之威德廣大而勝，故名威德。

❷**如是隨順覺性**：是指前章所提及的佛隨順眾生的不同根器，開示凡、賢、聖果位的漸證法門。

❸**覺心光明**：此指前章所述及的聞佛說漸頓次第，而隨分識礙顯覺，使覺體起大光明。

❹**圓音**：即圓妙之音，是謂佛語，「一音說法，隨類各解」之義。

❺**不因修習而得善利**：是謂只聞佛說，不假修習，即可識得自心，不依觀行而得覺心光明，更何況悉心修行呢？「善利」，即善妙利益，是謂菩提之利益。《法華經》的〈化城喻品〉曰：「安穩成佛道，我等得善利。」

❻**大城外有四門**：此爲比喻之說。「大城」喻佛國淨土，圓明覺心；「四門」喻空、

有、亦空亦有、非空非有四種修習法門。求大乘道的菩薩和末法時期的有情衆生，隨順各自的根性，任修一種法門，即可進入佛國，悟到淨妙圓覺之心。

❼**莊嚴佛國**：以善美飾國土或以功德飾依身曰莊嚴。「佛國」是謂佛所住之國土，又佛所化之國土。淨土固爲佛國，穢土就佛所化言之，亦可云佛國。《維摩經》嘉祥疏一曰：「淨穢等土無非佛國。若言淨土但得淨不兼穢。」此中取淨土義，亦即清淨圓妙覺性。「莊嚴佛國」即莊嚴各自的清淨覺性。「莊嚴」在這裡作及物動詞用。

❽**開悟**：開智悟理之義。

❾**遊戲如來大寂滅海**：是謂得了道的菩薩及末世衆生猶如遊戲於如來寂滅之海那樣自在。

譯文

善男子！至高無上的圓妙淨覺無所不在，遍漫十方。從妙覺出生的諸方如來和一切萬有，在本體上是平等的。在修行方面也沒有什麼兩樣，如果說隨順衆生的不同根性所設的方便，其數量則是無窮無盡的。但是，如果將其全部搜集起來，依循衆生的不同根性加以歸納，應當說有三種。

善男子！如果各位菩薩先了悟自身本有清淨圓覺，以清淨覺心爲基礎，把求靜作爲修行，由於各種妄念沈澱不起，心境澄澈清明，所以就會觀知覺識在煩亂擾動，繼而因靜極而妙慧發生，作爲虛妄客塵的身心也從此永遠泯滅，內心也自然會生發寂靜、輕適和安恬。由於寂靜的緣故，十方三界一切如來心便在自心顯現，就如鏡中的映像一樣。這種靈便方法稱爲奢摩他。

善男子！如果所有菩薩首先了悟本有清淨圓妙覺性，再以清淨圓妙覺心來覺知心性以及根塵都是幻化的。從而緣起諸種幻智以滅除諸種幻化，並以變化各種不同的如幻佛事開悟如幻衆生。由於起幻緣故，便能在內心緣發大慈大悲及輕安恬適之相，一切菩薩都應當從這一幻觀門起修，漸次增進，是因爲那個觀幻的觀者還沒有與被觀的幻者等同起來，一旦彼此不同的幻者和觀者都成爲幻化的時候，幻化之相則會永遠離去消失。這些菩薩所圓滿的幻觀妙行，就如依土長苗那樣漸次圓熟。這種靈活方法稱作三摩鉢提。

善男子！如果一切菩薩了悟本有清淨圓妙覺性，依賴清淨圓妙覺心，不求取幻化境界和各種淨相。（之所以不去求取，）是因爲緣起了知的身心都是障礙（一旦進入了觀中境界），就沒有了心緣之知和身觸之覺，唯有圓明覺心獨照。（修習中觀）不依賴諸種障礙法，永遠超越有礙和無礙境界，也超越可資緣用的世界以及身心。其身相雖在塵世，但它猶如樂器中的洪鐘，其聲鍠鍠外揚（而無障礙）。同樣，煩惱和涅槃也不能留作障礙。（到此）體內便會發出清虛、寂靜、輕安、恬適之相，其圓妙覺心與寂滅眞境契合如一。這種眞境、自我和他人身心不能契及，衆生壽命也不過是飄忽不定的浮想而已。這種靈活的修習方法被稱爲禪那。

原典

善男子！無上妙覺❶遍諸十方，出生如來❷與一切法同體平等❸。於諸修行，實無有二，方便隨順❹，其數無量。圓攝所歸，循性差別❺，當有三種。

善男子！若諸菩薩悟淨圓覺❻，以淨覺心，取靜爲行❼。由澄諸念，覺識煩動❽，靜慧發生❾，身心客塵從此永滅❿，便能內發寂靜輕安。由寂靜故，十方世界諸如來心於中顯現⓫，如鏡中像。此方便者名奢摩他⓬。

善男子！若諸菩薩悟淨圓覺，以淨覺心知覺心性及與根塵皆因幻化⑬，即起諸幻以除幻者⑭，變化諸幻而開幻衆⑮。由起幻故⑯，便能內發大悲輕安。一切菩薩從此起行，漸次增進，彼觀幻者非同幻故。非同幻觀⑰皆是幻故，幻相永離⑱。是諸菩薩所圓妙行如土長苗⑲。此方便者名三摩鉢提⑳。

善男子！若諸菩薩悟淨圓覺，以淨覺心，不取幻化㉑及諸靜相㉒，了知身心皆爲罣礙㉓，無知覺明㉔，不依諸礙㉕，永得超過礙無礙境㉖，受用世界㉗及與身心。相在塵域，如器中鍠㉘，聲出於外。煩惱涅槃不相留礙，便能內發寂滅㉙輕安㉚，妙覺隨順㉛寂滅境界。自他身心所不能及㉜，衆生壽命爲浮想㉝。此方便者名爲禪那㉞。

注釋

❶**妙覺**：微妙覺心，其爲萬法之體，體居相先，故稱「無上妙覺」，又因爲它無所不在，故説「遍諸十方」。

❷**出生如來**：是謂從妙覺緣生的一切諸佛。

❸**同體平等**：是謂一切如來和有情無情等一切法都緣生於微妙覺心，故説「同體平

等」，在本體上沒有差別，佛性亦即法性，佛法無二，佛即衆生，衆生即佛，彼此毫無二致。

❹**方便隨順**：是謂根據衆生根性的利鈍，煩惱的薄厚、沈掉不同而設立的修習便用之法。

❺**循性差別**：當有三種。經過對千差萬別方便的總括歸納，再因循衆生根性的不同，設立三種方便。這三種方便即下文所講的空觀（奢摩他）、假觀（三摩鉢提）、中觀（禪那觀）。

❻**悟淨圓覺**：是謂解知悟本有之覺心清淨無染、周遍圓滿、無執塵相。悟然後修行方爲妙行。

❼**取靜爲行**：是謂以澄心淨念的止觀爲其修行。

❽**覺識煩動**：「覺識」爲「分別之識」又名「意識」（mano-Vijñāna），由「阿梨耶識」（Ālaya-vijñāna）所生，具有分辨聲、色、香、味、觸、法等耳、眼等六根識的功用。相當於《唯識論》八識中的前六識。《大藏法數》曰：「於六塵等種種諸境而起分別也。此言由第七末那識傳送，第六意識能起分別，故名分別識也」。「覺識煩

動」是指對六根傳送的六塵微細分辨活動。

❾**靜慧發生**：是謂澄滅覺識煩動之後，因靜極而光通，光明頓現，故曰靜慧。

❿**身心客塵從此永滅**：由於靜慧發生，光通明照，觀知身心亦如客塵，虛幻不實，從而不執，身心相盡，故說「永滅」。

⓫**諸如來心於中顯現**：是謂心、佛、衆生三無差別，衆生的清淨圓滿覺性本與佛無異，但因妄情，凡聖相隔。而今，心澄念滅，身心相絕，凡聖交融，本有之佛心自然顯現。

⓬**奢摩他**：梵文Śamatha的音譯，舊譯止、寂止、寂滅、等靜、定心、禪定等。與「觀」合稱爲「止觀」，爲佛教修習的重要法門。

⓭**心性及與根塵皆因幻化**：「心性」即識與根、塵各無自性，故爲空，而三者相合才爲有，有實際是非有，故說假有，亦即幻化。如根緣塵而有知；塵緣根而有相；根塵緣識而有性；識緣根塵而有分別之用。根塵識三者相緣才成有，相緣無性故爲幻化。

⓮**即起諸幻以除幻者**：「諸幻」指幻智或曰觀智；「幻者」指以根本無明之惑而始動本心的業識。全句是說在覺知即了知心性及根塵皆爲幻化的基礎上發起觀照之智，用以觀照即親證根塵識三者本來無，但因無明所變現而成有，有即假有，實爲幻化。自

我身心及一切衆生皆同根塵，是爲幻化。隨相追本，直至根本無明悉爲幻者，既幻而不執，幻相及幻者盡滅，故稱以幻除幻或即起諸幻以除幻者。

⑮**變化諸幻而開幻衆**：是說除幻已盡，便能緣發不可思議的神通妙力，故能從空生假，變化諸種幻化而開示如幻衆生。如現十界之身，廣作佛事，化度衆生等。

⑯**由起幻故**：便能內發大悲輕安，是說由於發起幻智，觀見一切衆生皆同自我身心是爲幻化所現，因而使能內發度脫衆生的大慈悲心。雖度衆生，而無執度脫之相，故有輕安、恬適之感。

⑰**非同幻觀**：舊釋「非同幻之觀」，但據後接「皆是幻故」，判是前釋不切，「皆」有同，俱之義，故釋「彼此不同的幻和觀」較爲貼切。

⑱**幻相永離**：緊接上句「非同幻觀皆是幻故」，既然幻境和觀智皆幻，所觀（幻）和能觀（智）俱忘，境智一忘，唯存靈妙之心獨朗，故說「幻相永離」。此爲中觀。

⑲**如土長苗**：此爲比喻之說，種喻覺心，土喻幻法，苗喻幻智，以幻起智，如土長苗，待苗成熟，獨獲秀實，土苗盡棄。以此比喻一旦悟得圓覺，幻、智俱忘。

⑳**三摩鉢提**：亦名「三摩鉢底」，爲梵語Samāpatti的音譯，意譯：「等至、正受、三

昧、定等」。此即假觀。

㉑**幻化**：是指第二種方便三摩鉢提即幻觀所起的幻化作用。

㉒**諸靜相**：是指第一種方便奢摩他即止觀所起的各種清淨亦即空相。

㉓**了知身心皆爲罣礙**：「了知」托身心所起，是能動者；「身心」是了知的對象，爲所受者。二者都是求大乘道的障礙。「罣礙」言障於前後左右上下而進退無途。「罣」爲四面之障礙。《般若心經》曰：「依般若波羅蜜多故，心無罣礙。心無罣礙故，無有恐怖。」

㉔**無知覺明**：心緣曰知，身觸爲覺。既然前句所說身心，當然連同依托身心所起的知、覺都是罣礙，進入觀中境界，自然得空掉知和覺，故稱「無知覺」。「明」本是智慧之異名，在這裡指圓妙覺心，即衆生無始已來，常住清淨，昭昭不昧，了了常知之本心。

㉕**諸礙**：是指身心以及賴以發起的覺知即所謂所知和能知兩個方面。

㉖**礙無礙境**：其中「礙」指幻觀，「無礙」指靜觀。修此觀待到證入時，則永得超越幻、靜二種境界。

㉗**受用世界**：是謂資緣所受用國土等。

㉘**如器中鍠**：「器」指樂器，「鍠」指大鐘，亦有鐘之聲相義。鐘喻身心等有礙之境，鍠鍠鐘聲喻靈明觀智，鐘內之空喻無礙境。今鍠鍠鐘聲傳揚四方，有礙洪鐘及無礙內空均不能留礙。而觀智明照，有礙煩惱不能止，無礙涅槃不能留。身相雖然仍留舊處，而明智則廓然無邊。

㉙**寂滅**：本是涅槃的異名，在這裡是指中道修習所達到的境界。不起靜相爲寂；不起幻相爲滅。

㉚**輕安**：中道修習所達到的境界，是謂纖塵不染。

㉛**妙覺隨順**：是謂在觀時，所依妙心與佛相合而一。

㉜**自他身心所不能及**：此中「自身心」爲我相；「他身心」爲人相。故本句實指《金剛經》所說的「無我相，無人相」。

㉝**衆生壽命皆爲浮想**：實如《金剛經》所說的「無衆生相、無壽者相」。所謂「浮想」是說生、壽二相虛幻不實，故爲空，但「浮想」也並非空無，故立非空：這種空亦非空的境界則爲中觀。

㉞**禪那**：梵文Dhyāna的音譯。意譯靜慮、禪定、思惟修，心定一境而離散動之義。《俱舍論》卷二十八曰：「依何義故玄靜慮名，由是寂靜能審慮故。審慮即是實了知義。如説心在定能如實了知。」認爲能使心寧靜專注，便於深入悟解義理。在這裡，靜爲止，慮爲觀，禪那即止觀雙修，不同於取靜爲行的單純止修，也不同於起幻爲相的單純觀修。此中「止」爲息二邊分別止，靜相和幻化皆不求取；此中「觀」即爲中觀，靜幻皆中即靜亦非靜，幻亦非幻，沒有任何可肯定的一邊可取。故直觀中道。

譯文

善男子！上述這三種法門都是趨入圓覺最便捷通暢順利的法門。十方所有如來都是因爲這三種法門才得以成佛的。十方菩薩所隨機修持的一切靈便方法，不管是相同的，還是不同的，都離不開上述這三種修習事業。如上三修，如果能圓滿證得，也就是成就了圓覺。

善男子！假使有人學佛，修行於聖道，教化千百萬億人，讓他們成就阿羅漢和辟支佛果，也不如有人聆聽這圓覺無礙法門，一剎那頃隨聽即修。

原典

善男子！此三法門皆是圓覺親近隨順。十方如來因此成佛。十方菩薩種種方便一切同異皆依如是三種事業。若得圓證❶，即成圓覺。

善男子！假使有人修於聖道❷，教化成就百千萬億阿羅漢❸、辟支佛❹果，不如有人聞此圓覺無礙法門，一刹那頃隨順修習。

注釋

❶**圓證**：即圓融三修，雖成一修，皆證三觀之義。

❷**聖道**：即聖者之道，總稱三乘所行之道。在這裡特指小乘出世道。

❸**阿羅漢**：Arhat的音譯，小乘佛教修行的最高果位。據梵名可有三譯：一譯殺賊，謂殺煩惱賊；二譯應供，謂應受人天供養。三譯不生，是謂永入涅槃，不再受生死果報。

❹**辟支佛**：梵名Pratyekabuddha的音譯，意譯緣覺或獨覺，據《大乘義章》，有二義：

㈠出生於無佛之世，當時「佛法已滅」，但因前世修行的因緣，「自以智慧」得道；

㈡「自覺不從他聞」，觀悟十二因緣之理而得道。「辟支佛果」即小乘果位。

譯文

這時候，世尊爲了重新宣講這一教義，而說如下偈頌：

威德菩薩！你應當知道，至高無上廣大無邊的覺心，在本體上沒有什麼不同的貌相，但就衆生所修持的諸多靈便方法而論，其數量則是無限的。但如來將其總括歸納起來並用以開示衆生的卻只有三種：第一是求取寂靜的修止法（奢摩他）。此法爲澄心如鏡光通明照諸像；第二是觀塵如幻的修觀法（三摩鉢提），此觀如土長苗逐漸成熟；第三是導至寂滅的修禪法（禪那）。修禪就要使靈明觀智像洪鐘的聲音一樣，（鍠鍠外揚而無障礙）。上述這三種法門，都是與圓妙覺心相順應的靈便方法。十方世界一切如來和所有的大菩薩都是依賴這三種法門才得以成道的。前三種事業如果能得以圓融修證，其名爲究竟涅槃。

原典

爾時，世尊欲重宣此義，而說偈言：

威德汝當知，無上大覺心❶，本際無二相❷。隨順諸方便，其數即無量。如來總開示，便有三種類；寂靜奢摩他，如鏡照諸像；如幻三摩提，如苗漸增長；禪那唯寂滅，如彼器中鍠。三種妙法門，皆是覺隨順。十方諸如來，及諸大菩薩，因此得成道。三事圓證故，名究竟涅槃❸。

注釋

❶**無上大覺心**：覺心爲本體，體在萬相之前，故說「無上」；因其無所不在，遍漫一切，故說「大」。因覺心廣大無邊，無所不在，故爲衆生所共有。

❷**本際無二相**：「本際」是指如來和衆生所共有的本體，即無上大覺心。因如來與衆生同體，故說「無二相」。

❸**究竟涅槃**：亦名大般涅槃，爲梵名Mahāparinirvāṇa的意音混譯。mahā意爲大，pariniruāṇa音譯般涅槃。意譯大入滅息，大滅度，大圓寂入等。「大」爲滅德的美稱；「滅」爲滅煩惱滅身心之義；「息」爲安息之義；「度」爲超度生死之義；「圓寂」爲功德圓滿寂滅相累之義；「入」爲歸於滅。

8 辨音章

譯文

於是，在廣大徒衆中的辨音菩薩立即從座位上站起來，向佛足頂禮，繞佛右轉三圈，長跪合掌，對佛說道：大慈大悲的世尊啊！您所講述的這些修習法門，在世上極爲罕有。請問世尊，一切菩薩要進入圓覺之門，上述那幾種方便有幾種方法可供修習？希望您爲廣大徒衆和末法時期的衆生方便開示，讓他們證悟實相。這樣說了以後，便五體投地向佛行禮。就這樣懇切地啓請了三次，請求世尊教誨。

這時候，世尊對辨音菩薩說道：好啊！好啊！善男子！你能夠爲諸多徒衆及末法時期的有情衆生向如來詢問這些修習問題。現在請你仔細聽！我這就爲你解說。這時，辨音菩薩受到佛的教誨，非常喜歡。在座的廣大徒衆也都默然聆聽。

原典

於是，辨音菩薩在大衆中即從座起，頂禮佛足，右繞三匝，長跪叉手而白佛言：大悲世尊！如是法門甚爲希有。世尊！此諸方便，一切菩薩於圓覺門，有幾修習？願爲大衆及末世衆生方便開示，令悟實相❶。作是語已，五體投地。如是三請，終而復始。

爾時，世尊告辨音菩薩言：善哉！善哉！善男子！汝等乃能爲諸大衆及末世衆生問於如來如是修習❷。汝今諦聽，當爲汝說。時辨音菩薩奉教歡喜。及諸大衆默然而聽。

注釋

❶**實相**：所謂「實」即非虛妄之義；所謂「相」即無相。此指萬有本體。或稱法性、眞如。在其爲萬法本性的意義上，爲法性；在其體眞實常住的意義上，爲眞如；在其眞實常住爲萬法實相的意義上，則爲實相。而一實、一如、一相、無相、法身、涅槃、眞諦、眞性、眞實、實性等都是實相的別名。《涅槃經》卷十四曰：「無相之相名爲實相。」《法華文句記》卷四曰：「言實相者，非虛故實，非相爲相，故名實相。」

在這裡是指圓妙覺心。

❷**如是修習**：指前文由辨音菩薩所詢問的修止、修觀、修禪三種法門究竟有幾種具體修法。

譯文

善男子！若就一切如來本有之圓妙清淨覺心說來，本無所謂修習和修習者。今一切菩薩及末法時期的有情衆生，因未證圓覺而依賴於幻化之力發起修習，這時候，便可以說有二十五種修習法門。

如果諸位菩薩在修行中澄止一切雜念，只是力求心境呈現極靜狀態，由於靜極所產生的力量，就會永遠斷滅煩惱，終成佛道。修行不用起座，便能進入涅槃。這些菩薩所修行的稱爲單修奢摩他。

如果諸位菩薩只是觀法如幻，憑藉佛的慈悲之力，變化如幻世界及其種種作用，周全完備地實行菩薩的清淨妙行，在圓覺這一總持法門中不忘失寂念和諸種靜慧。這些菩薩所修習的稱作單修三摩鉢提。

如果諸位菩薩唯從滅絕一切如夢如幻的妄念入手，不起神通變化世界、度脫衆生的種種作用，唯獨斷滅煩惱，煩惱被斷滅乾淨之後，圓覺實相自然就會呈現。這些菩薩所修習的稱作單修禪那。

原典

善男子！一切如來圓覺清淨，本無修習及修習者❶。一切菩薩及末世衆生，依於未覺幻力❷修習，爾時，便有二十五種清淨定輪❸。

若諸菩薩唯取極靜❹，由靜力故，永斷煩惱❺，究竟成就❻。不起於座，便入涅槃。此菩薩者名單修奢摩他❼。

若諸菩薩唯觀如幻❽，以佛力❾故，變化世界種種作用，備行菩薩清淨妙行，於陀羅尼不失寂念及諸靜慧❿。此菩薩者名單修三摩鉢提。

若諸菩薩唯滅諸幻，不取作用⓫，獨斷煩惱，煩惱斷盡，便證實相。此菩薩者名單修禪那。

注釋

❶**本無修習及修習者**：是說如來之圓妙覺心清淨無塵，不染衆惑。既然清淨，便無法可修，既然没有可修之法，也就談不上修習者。

❷**幻力**：在這裡是指發心起修之妄念。妄念如幻，故稱幻力。

❸**清淨定輪**：能破諸惑，故曰「清淨」；上述三觀皆有止，故稱「定」；三觀輪替交互修習，又能摧碾諸障，轉運至菩提佛果，故稱「輪」。前三觀有三單修，次有三七（二十一）種輪替交修，最後有一種圓修，合共二十五清淨定輪。

❹**唯取極靜**：是說以取極靜心境作爲修行。

❺**由靜力故，永斷煩惱**：是說由於心境達到了極靜狀態，任何妄念都不會泛起，煩惱自然不生，所以說煩惱「永斷」。

❻**究竟成就**：大乘五種果位之一，以佛果爲究竟至極之位，故稱「究竟位」。《唯識論》卷九曰：「究竟位謂無上正等菩提。」又《三藏法數》卷二十一曰：「究竟位，即妙覺，佛證此果位，最極清淨，更無有上，故名究竟位。」

❼奢摩他：梵名Śamatha的音譯，又作舍摩他、奢摩陀。禪定的七名之一。意譯曰止、寂靜、能滅等。《慧苑音義》卷上曰：「奢摩他，此云止息，亦曰寂靜。謂正定離沈掉也。」

❽唯觀如幻：是謂此觀以起幻爲行，在觀幻中，觀諸世界和一切衆生悉如幻化。

❾以佛力：是謂修習幻觀，化度衆生，得賴諸佛已經修成之法，故說「以佛力」。

❿不失寂念及諸靜慧：「寂念」即禪定，中觀；「靜慧」即靜智或觀智，亦即空觀。本句是謂雖修假觀（三摩鉢提），但不失空觀（奢摩他）和中觀（禪那）實際是一修三修，並非單一修習。

⓫作用：是謂有爲法之生滅。此中含義可見譯文。

譯文

如果諸位菩薩先從空觀入手，達到極靜的心境，再以由靜極所起靜慧之光，觀照如夢如幻的諸多世界和一切衆生。此時，便在觀幻中發起菩薩淸淨妙行，這些菩薩所修習的稱作先修奢摩他，後修三摩鉢提。

如果諸位菩薩由於憑藉了靜慧的緣故，證悟到至靜的圓妙覺性，煩惱便會自然斷滅，煩惱一滅，則永遠出離生死。這些菩薩所修習的稱作先修奢摩他，後修禪那。

如果諸位菩薩憑藉靜極所生之智慧，現起幻化之力以及種種變化作用，度脫一切衆生，而後斷滅煩惱，進入寂滅境界。這些菩薩所修習的稱作先修奢摩他，中修三摩鉢提，後修禪那。

如果諸位菩薩憑藉至靜之力，首先斷除煩惱，而後發起菩薩清淨妙行，化度一切衆生。這些菩薩所修習的稱作先修奢摩他，中修禪那，後修三摩鉢提。

如果諸位菩薩憑藉至靜之力，使心中一切煩惱妄念斷然息滅，而後度化衆生，建立世界。這些菩薩所修習的稱作先修奢摩他，齊修三摩鉢提和禪那。

如果諸位菩薩用至靜之力相資，發起通力變化作用，再斷除一切煩惱。這些菩薩所修的稱爲齊修奢摩他、三摩鉢提，後修禪那。

如果諸位菩薩用至靜之力資助於寂滅境界，而後發起通力作用，變化世界。這些菩薩所修習的稱作齊修奢摩他、禪那，後修三摩鉢提。

原典

若諸菩薩先取至靜，以靜慧❶心照諸幻者，便於是中起菩薩行❷。此菩薩者名先修奢摩他，後修三摩鉢提。

若諸菩薩以靜慧故，證至靜❸性❹，便斷煩惱，永出生死❺。此菩薩者名先修奢摩他，後修禪那。

若諸菩薩以寂靜慧復現幻力，種種變化❻，度諸衆生，後斷煩惱而入寂滅。此菩薩者名先修奢摩他，中修三摩鉢提，後修禪那。

若諸菩薩以至靜力斷煩惱已，後起菩薩清淨妙行，度諸衆生。此菩薩者名先修奢摩他，中修禪那，後修三摩鉢提。

若諸菩薩以至靜力，心斷煩惱，後度衆生，建立世界。此菩薩者名先修奢摩他，齊修三摩鉢提、禪那。

若諸菩薩以至靜力，資發變化，復斷煩惱。此菩薩者名齊修奢摩他、三摩鉢提，後修禪那。

若諸菩薩以至靜力，用資寂滅，後起作用變化世界。此菩薩者名齊修奢摩他、禪那，後修三摩鉢提。

注釋

❶**靜慧**：安靜之智慧即空慧，是謂由極靜所起光通心境。

❷**菩薩行**：即菩薩清淨妙行。

❸**至靜**：又稱極靜。禪定之力極而靜心。

❹**性**：指圓妙覺性。

❺**便斷煩惱，永出生死**：煩惱爲因，生死爲果，因斷，果自然不生，故說永出生死。

❻**變化**：轉換舊形名爲變，無而忽有名爲化。佛菩薩之通力，能變有情非有情之一切。《法華經》曰：「神通變化不可思議。」又《義林章》卷七曰：「轉換舊形名變，無而忽有名化。變與化異，是相違釋。」

譯文

如果諸位菩薩先以變化通力，隨順種種根性化度衆生，而後再進入至靜境界。這些菩薩所修習的稱作先修三摩鉢提，後修奢摩他。

如果諸位菩薩憑藉變化通力，幻化種種境界，以教化衆生，從而直入寂滅境界。這些菩薩所修習的稱作先修三摩鉢提，後修禪那。

如果諸位菩薩憑藉變化通力，而作利於衆生的種種事業，雖然從事佛的這種事業，但心際寂靜依然如故，從而一切煩惱斷然止滅。這些菩薩所修習的稱作先修三摩鉢提，中修奢摩他，後修禪那。

如果諸位菩薩憑藉變化通力，顯現所行無礙的幻化作用，繼而一切煩惱斷然止滅，並藉此安然留住於至靜境界。這些菩薩所修習的稱作先修三摩鉢提，中修禪那，後修奢摩他。

如果諸位菩薩憑藉變化通力，爲求大乘道的衆生開示各種方便，顯現各種幻化作用，接下來便是至靜和寂滅二種境界的同現併生。這些菩薩所修習的稱作先修三摩鉢提，齊修奢摩他、禪那。

如果諸位菩薩憑藉變化通力，發起種種幻化作用，並用以資助至靜境界，最後斷滅煩惱，這些菩薩所修習的稱作齊修三摩鉢提、奢摩他，後修禪那。

如果諸位菩薩憑藉變化通力，資助於寂滅而後安然留住於清淨無作的靜慮境界。這些菩薩所修習的稱作齊修三摩鉢提、禪那，後修奢摩他。

原典

若諸菩薩以變化力，種種隨順而取至靜❶。此菩薩者名先修三摩鉢提，後修奢摩他。

若諸菩薩以變化力，種種境界而取寂滅❷。此菩薩者名先修三摩鉢提，後修禪那。

若諸菩薩以變化力，而作佛事❸，安住寂靜而斷煩惱❹。此菩薩者名先修三摩鉢提，中修奢摩他，後修禪那。

若諸菩薩以變化力，無礙作用❺，斷煩惱故，安住至靜。此菩薩者名先修三摩鉢提，中修禪那，後修奢摩他。

若諸菩薩以變化力，方便作用，至靜寂滅二俱隨順❻。此菩薩者名先修三摩鉢提，齊修奢摩他、禪那。

若諸菩薩以變化力，種種起用，資於至靜，後斷煩惱。此菩薩者名齊修三摩鉢提、奢摩他，後修禪那。

若諸菩薩以變化力，資於寂滅，後住清淨無作❼靜慮。此菩薩者名齊修三摩鉢提、禪那，後修奢摩他。

注釋

❶**而取至靜**：是謂諸菩薩雖然隨順衆生的不同根性而任運度化，但知其如幻如化，而心猶如澄水湛然不動。此屬空觀。句首變化力則屬假觀。

❷**而取寂滅**：是謂假觀修成之後，直接證悟大悲輕安、永斷煩惱的中觀實相。

❸**佛事**：是指諸佛之教化。《維摩經》曰：「於娑婆世界施作佛事。」同註「什曰：佛事謂化衆生。」同經〈菩薩品〉曰：「諸佛威儀進止，諸所施爲，無非佛事。」

❹**安住寂靜而斷煩惱**：前者屬空觀，後者屬中觀。

❺**無礙作用**：是言變化通力無所不能的幻化作用，如變娑婆成淨土，化地獄作天宮，隨

機化度衆生。没有絲毫障礙。

❻**二俱隨順**：由梵文動詞根anu-gam演生的諸如動詞、名詞、形容詞等詞類雖然都可以譯作「隨順」，但遠遠未能涵蓋其全義。例如前動詞根所演生的過去分詞anu-gata，在佛經中可見到的漢譯有隨、順、隨順、所隨逐、隨去、隨入、相隨、隨行、隨向、所隨；隨知、了知、通達；入、遊入；導；觀等。而所派生的名詞anu-gamma則被譯爲隨、順、隨順、隨應；知、證；隨知、解知、普知、了知，隨證，解了，意解，隨解，通達，隨順知，隨順悟解；思惟；入；發；觀察等。動詞根√gam的基本義則是往、知勝進等，引申義則有實踐、證、知等。所以anu-√ 才有前譯。「二俱隨順」直譯「二者皆跟隨發生」，或「二者悉皆隨證」。

❼**無作**：即無因緣造作之義，同「無爲」。《無量壽經》卷下曰：「無作無起，觀法如幻。」

譯文

如果諸位菩薩借助於寂滅之力緣起至靜，而後便安住於纖塵不染的清淨心境。這些菩薩所修習的稱作先修禪那，後修奢摩他。

如果諸位菩薩借助於寂滅之力，發起諸種幻化作用，以度衆生。在一切所度之境，寂滅和作用相依相隨、相輔相成。這些菩薩所修習的稱作先修禪那，後修三摩鉢提。

如果諸位菩薩借助於寂滅之力，使各自的自性安住靜慮，再起各種幻化作用，以度衆生。這些菩薩所修習的稱作先修禪那，中修奢摩他，後修三摩鉢提。

如果諸位菩薩借助於寂滅之力，使不假造作的自性在種種變化作用中，起清淨境界，而後歸於靜慮。這些菩薩所修習的稱作先修禪那，中修三摩鉢提，後修奢摩他。

如果諸位菩薩借助於寂滅之力，使身心歸於清淨，安住於靜慮，再起各種幻化作用，以度衆生。這些菩薩所修習的稱作先修禪那，齊修奢摩他、三摩鉢提。

如果諸位菩薩借助於寂滅之力，資助於至靜境界的建立，從而幻起種種變化。這些菩薩所修行的稱作齊修禪那、奢摩他，後修三摩鉢提。

如果諸位菩薩借助於寂滅之力，資助於起幻度諸衆生的種種變化，因而緣起至靜境界，使境慧更加清徹明朗。這些菩薩所修行的稱作齊修禪那、三摩鉢提，後修奢摩他。

原典

若諸菩薩以寂滅力而起至靜，住於清淨❶。此菩薩者名先修禪那，後修奢摩他。

若諸菩薩以寂滅力而起作用。於一切境❷寂用隨順❸。此菩薩者名先修禪那，後修三摩鉢提。

若諸菩薩以寂滅力，種種❹自性❺安於靜慮而起變化。此菩薩者名先修禪那，中修奢摩他，後修三摩鉢提。

若諸菩薩以寂滅力，無作❻自性起於作用清淨境界，歸於靜慮。此菩薩者名先修禪那，中修三摩鉢提，後修奢摩他。

若諸菩薩以寂滅力，種種清淨而住靜慮，起於變化。此菩薩者名先修禪那，齊修奢摩他、三摩鉢提。

若諸菩薩以寂滅力，資於至靜而起變化。。此菩薩者名齊修禪那、奢摩他，後修三摩鉢提。

若諸菩薩以寂滅力，資於變化而起至靜，清明境慧❼。此菩薩者名齊修禪那、三摩鉢提，後修奢摩他。

注釋

❶**清淨**：離惡行之過失，離煩惱之垢染云清淨，此中是指靈妄不起的心境。

❷**一切境**：指菩薩起幻度生時所度化的對象。

❸**隨順**：在這裡應爲相隨、相應之義。

❹**種種**：即各種不同的修習者，實指諸菩薩。

❺**自性**：是謂諸法各自所有不改不變之性。實指諸菩薩各自所有之覺性。

❻**無作**：意爲無因緣之造作，如言無爲。《七帖見聞》卷七曰：「圓教意十界三千萬法皆化」爲狀語。全句直譯，種種清淨而住靜慮之心境在變化中建立起來。

❼**清明境慧**：「清明」在此爲動詞，有使……明朗之義。「境慧」同境智，所觀萬有實相之理謂「境」，能觀之心謂「智」。於此，「境慧」應解爲觀境之慧。

譯文

如果諸位菩薩以圓妙覺慧圓融和合一切，無論於空寂之性，還是於幻化之相，都離不開圓明覺性。這些菩薩所修習的稱作圓修三觀，他們的自性清淨無礙，前述諸觀隨順俱成。

善男子！以上所講的稱作菩薩二十五輪。所有菩薩所修習的都不出這二十五輪。如果諸位菩薩和末法時期的有情衆生，依照這些定輪發心修行的話，就應當修持梵行、寂靜、思惟，或向三寶求哀懺悔。經過二十一天，再分別（書寫輪名）爲二十五輪作出標記，心懷至誠地向三寶祈求哀憫，然後信手將那些標記作結，並信手取一枚，打開看示，依據此結的標示，便會得知自己所要修行的是頓修法門，還是漸修法門。如果對此起一閃念的懷疑，或開始修習又起懊悔，修習則不會成功。

原典

若諸菩薩以圓覺慧❶圓合一切❷，於諸性相❸無離覺性❹。此菩薩者名爲圓修三種，自性清淨隨順。

善男子！是名菩薩二十五輪。一切菩薩修行如是。若諸菩薩及末世衆生，依此輪者，當持梵行、寂靜、思惟❺，求哀懺悔❻。經三七日，於二十五輪各安標記。至心求哀，隨手結取，依結開示，便知頓漸❼。一念疑悔，即不成就。

注釋

❶**圓覺慧**：即圓妙覺心。

❷**圓合一切**：「圓合」即圓融和合之義，「一切」指止、觀、禪三諦理。是謂憑圓妙覺心修一觀，二十四觀皆修，悟一諦，三諦俱悟。

❸**性相**：是謂修空觀所證悟的空寂性和修幻觀所起幻化之相。

❹**無離覺性**：前句講性和相的起用，本句講性、相會歸本體覺性。如事、理，性、相，眞、妄，色、空等等諸法都起於圓妙覺性，又都爲其所圓融和合。

❺**梵行、寂靜、思惟**：是謂「戒、定、慧」三學，或三無漏學。持戒防身起惡；入定澄心，防止散亂；發慧辨邪，去惑證理。《名義集》卷四曰：「防非止惡曰戒；思慮靜

緣曰定；破惡證眞曰慧。」三者互相生，爲求佛得道的關鍵。《三藏法數》曰：「如來立教、其法有三：一曰戒律；二曰禪定；三曰智慧。然非戒不能生定，非定無從生慧。三法相資，不可缺。」

❻**求哀懺悔**：如果恐怕宿障深重，依前定輪難成正果，就要向三寶祈請悲憫，懺露先罪。

❼**頓漸**：即頓教和漸教。頓教是指形成頓悟佛果之法；漸教是指經歷劫修行方出生死之法。頓教是爲有頓悟機的人所修習的；漸教是爲未熟衆生所修習的。

譯文

這時，世尊爲了重新宣講這一教義，而說如下偈頌：

辨音菩薩！你應當知道，所有一切修大乘道的菩薩，他們所行無礙的清淨覺慧都是依禪定而生的。所謂奢摩他、三摩鉢提和禪那，這三種法門有頓修有漸修，總合起來有二十五種。十方三界的所有如來，以及三世的修行者，沒有不因爲上述法門而得成就菩提佛果的。這裡不包括頓悟成佛和上述任何法門對他們都不合宜的人。凡一切求大乘道的菩薩和末法時期的有情衆生，都應當經常修持這二十五種清淨定輪。如果挑選適合於自己的勤奮修習，並依靠如來大慈大悲的力量加護，不久便會證得涅槃。

原典

爾時，世尊欲重宣此義，而說偈言：

辨音汝當知，一切諸菩薩，無礙清淨慧，皆依禪定生。所謂奢摩他、三摩提禪那，三法頓漸修，有二十五種。十方諸如來，三世修行者，無不因此法，而得成菩提。唯除頓覺人❶，并法不隨順❷。一切諸菩薩，及末世衆生，常當持此輪。隨順勤修習，依佛大悲力，不久證涅槃。

注釋

❶**頓覺人**：是指那些超上根機、圓頓悟解的人，他們不需要修習上述任何法門，即可一斷永斷，一證永證，頓悟成佛。

❷**法不隨順**：是指那些上述任何法都不合他們根機的人，他們不適宜修上述法門。這是

對不堪造就的下愚而言。

9淨諸業障章

譯文

於是，在廣大徒衆中的淨諸業障菩薩，立即從座位上站起來，向佛足頂禮，向右繞三圈，長跪合掌，告訴佛說：大慈大悲的世尊啊！您爲我們詳細解說這些不可思議的法門，一切如來的因地行相，使各類廣大徒衆得到未曾有過的法益，看見調御師，經歷過如恆河沙那樣多劫的勤苦境界，一切功用，就像在一念之間，完全明白。我們這些菩薩，親自感到深深的慶慰。世尊！假若這種覺性，本性是清淨，因爲什麼受到染汚呢？因爲什麼使各類衆生迷惑納悶而不能悟入呢？只希望如來詳細爲我們開示悟入諸佛之法性，使我們這些廣大徒衆和末法時期的有情衆生，具有將來眼。講完這些話以後，行五體投地禮。這樣懇切的啓請了三次，請求世尊教誨。

這時候，世尊告訴淨諸業障菩薩說：好啊！好啊！善男子！你能夠爲廣大徒衆和末法時期的有情衆生，詢問如來這樣的方便法門。現在，請你仔細聽，我要爲你解說。

這時候，淨諸業障菩薩聽到佛要說法，非常高興，在座大衆也都默然聆聽。

原典

於是，淨諸業障菩薩在大衆中，即從座起，頂禮佛足，右繞三匝，長跪叉手而白佛言：大悲世尊！爲我等輩廣說如是不思議事❶，一切如來因地行相❷，令諸大衆得未曾有，睹見調御❸，歷恆沙劫❹勤苦境界，一切功用❺，猶如一念❻，我等菩薩，深自慶慰。世尊！若此覺性，本性清淨，因何染污？使諸衆生迷悶不入？唯願如來廣爲我等開悟法性，令此大衆及末世衆生，作將來眼❼。作是語已，五體投地。如是三請，終而復始。

爾時，世尊告淨諸業障菩薩言：善哉！善哉！善男子！汝等乃能爲諸大衆及末世衆生，諮問❽如來如是方便。汝今諦聽，當爲汝說。時淨諸業障菩薩奉教歡喜，及諸大衆默然而聽。

注釋

❶**不思議事**：或爲理之深妙，或爲事之稀奇，不可以心思之，不可以言議之。《增一阿含經》卷十八稱：「有四種不可思議事，非小乘所能知，云何爲四？世界不可思議、衆生不可思議、龍不可思議、佛土境界不可思議。」

❷**行相**：心識各自固有之性能，謂之行相。心識以各自之性能，遊行於境相之上，又行於所對境之相狀，故名行相。《成唯識論述記》卷三本稱：「相者體也，即謂境相，行於境相，名爲行相。或相謂相狀，行境之相狀，名爲行相。或行境之行解相貌，然本但是行於相義，非是行解義。」

❸**調御**：又稱爲調御師、調御丈夫等，佛的十號之一，一切衆生猶如狂象惡馬，佛如象馬師而調御之。《無量義經》稱：「調御大調御，無諸放逸行，猶如象馬師，能調無不調。」調御丈夫是梵文puruṣadamyasārathi的意譯，善於說教並引導世間修行者，通往佛道。

❹**劫**：梵文kalpa的音譯劫波或劫簸之略，意謂極爲久遠的時節，源於婆羅門教，後被

佛教採納，佛教對「劫」的說法不一，《釋迦氏譜》稱：「劫是何名？此云時也。若依西梵名曰劫波，此土譯之名大時也，此一大時，其年無數。」一般分爲大劫、中劫、小劫。謂世上人的壽命有增有減，每一增（人壽自十歲開始，每百年增一歲，增至八萬四千歲）及一減（人壽自八萬四千歲開始，每百年減一歲，減至十歲），各爲一小劫，合一增一減爲一中劫。一大劫包括成、住、壞、空四個時期，通稱四劫。各包括二十中劫，即一大劫包括八十中劫。

❺**功用**：即身、口、意之動作。

❻**一念**：有二義：㈠極其短促的時間；㈡思念對境一次，稱爲一念。

❼**作將來眼**：使此間衆生證入，展轉傳至末世；末世衆生證入，展轉傳至將來。如是展轉相傳，乃至盡未來際，使最後際衆生，永遠不會迷悶不入。

❽**諮問**：爲了求得覺悟，所以要諮問，「諮」是謀的意思，因有所謀而問，稱爲諮問。

譯文

善男子！一切有情衆生從無始以來，由於妄想執著，認爲有我、人、衆生和壽命，誤認四顛倒實際上是我體，由此便產生憎恨、喜愛二種境界。於虛妄之體重新執著虛妄，二種虛妄相互依存，產生虛妄業道。因爲有虛妄之業，虛妄見到輪迴。厭惡輪迴的人們，虛妄見到涅槃。由此流轉、涅槃二種妄見，不能悟入清淨覺性，並不是本來的覺性違逆抗拒悟道。假若認爲有各種可以入道的途徑，也不是覺性使之能入。所以動念與息念，都歸於迷惑和納悶。爲什麼呢？因爲自無始以來的本起無明作了自己的主宰。一切有情衆生，自有生命以來，就沒有智慧眼睛，身、心等性都是無明。無明本身不能破無明，譬如有的人，自己不能了斷自己的生命。所以，你們應當知道，有愛「我」的人，「我」就與之隨順，與「我」不相隨順的人，便產生憎怨。因爲這種憎恨、喜愛之心都是從無明而來。所以，在此相續循環中求道，都不能成功。

原典

善男子！一切衆生從無始來，妄想執有我❶、人❷、衆生及與壽命，認四顛倒❸爲實我體，由此便生憎、愛二境。於虛妄體重執虛妄，二妄相依，生妄業道❹。有妄業故，妄見❺流轉，厭流轉者，妄見涅槃。由此不能入清淨覺。非覺違拒諸能入者，有諸能入，非覺入故。是故動念及與息念，皆歸迷悶。何以故？由有無始本起無明，爲己主宰。一切衆生生無慧目，身心等性，皆是無明，譬如有人不自斷命。是故當知，有愛我者，我與隨順，非隨順者，便生憎怨。爲憎、愛心，養無明故，相續求道，皆不成就。

注釋

❶**我**：梵文Ātman的意譯。支配人和事物的主宰者，大體相當於靈魂。一般分人我、法我兩種，有實在性、單一性、獨自性和永恆不變性等含義，《大般涅槃經·哀嘆品》稱：「若法是實、是眞、是主、是依，性不變易，是名爲我。」

❷**人**：屬於欲界的有情衆生，思慮最多，過去戒善之因，感人倫之果，現前境界是人。《大乘義章》卷八末稱：「依涅槃，以多恩義，故名爲人。人中父子親戚相憐，名多恩義。」

❸**四顚倒**：即地、水、火、風四大，其屬性分別是堅、濕、暖、動，有情衆生誤認身體的肌肉骨骼（地性）、血液內分泌（水性）、熱能（火性）、呼吸（風性）等是

「我」的實體。佛教認爲：這是顛倒錯誤的認識，所以稱爲四顛倒。

❹**業道**：「業」是有爲之業，「道」是無爲之道。有爲業是世間善業、惡業和上界的不動業，無爲道是阿羅漢的無漏業。雖然存在有爲、無爲之別，但以佛眼觀之，都是幻化虛妄境界，都是妄見。

❺**妄見**：虛妄不實的分別稱爲妄見，如我見、邊見等。

譯文

善男子！什麼是我相呢？即各類衆生，其心所證。善男子！假若有人，隱居深山，心絕萬慮，感覺調和順適，不覺得有自己的身體存在。直到兩臂兩腿直不能屈，軟不能伸，這是因攝護調養身體不得方法所致。略用針刺，或少用艾炙，立即知道有「我」。所以，心中有所證有所取，才顯現出「我」之體。善男子！其心乃至證於如來的境界，終究了知清淨的涅槃，這仍然是我相。

善男子！什麼是人相呢？各類衆生的證悟之心就是人相。善男子！認爲有我（五蘊）的人們，不認爲彼（指圓覺之眞心）就是我。實際上，所悟之境相並不是實我，能悟之心也不是實我。這種人認爲自己已經覺悟了，已經超過一切賢聖，這就是人相。善男子！其心乃至於圓滿證悟涅槃，那怕是有一點點「我已成佛」的念頭，就是我相。心中有很少的一點已經悟道的心理，對般若、唯識等佛教道理無所不通，這些都稱爲人相。

善男子！什麼是衆生相呢？衆生相就是各類衆生心自證悟，雖已超出我人之相，但尙存有了證悟之心，就是衆生相。善男子！譬如有人說：「我是衆生。」由此可知，那個人所說的衆生，不是我，也不是他。爲什麼不是我呢？我雖然是衆生的一分子，但是衆生不是我。爲什麼不是他呢？我雖然是衆生的一分子，但他並不是我。善男子！如果各類衆生認爲自己有所證有所悟，都是我相人相，如果是自以爲達到我相、人相所不及的境界，存在一絲一毫了悟的念頭，這就是衆生相。

什麼是壽命相呢？就是衆生心照到淸淨境界，覺悟到妄念都沒有了，一切衆生由其業力所產生的智慧，看不見這樣的境界，就像命根是看不見一樣。

善男子！如果你能夠照見一切皆空，這一念之覺，都是塵垢，能覺和所覺，都不離塵垢，就如以熱湯銷熔冰一樣，冰已銷熔，不可能另外有冰，誰知道冰爲湯所銷呢？

能覺之我和所覺之我，也是這樣。

原典

善男子！云何我相？謂諸衆生❶心所證者。善男子！譬如有人，百骸調適，忽忘我身。四肢絃緩，攝養乖方，微加鍼艾，即知有我。是故證取方現我體。善男子！其心乃至證於如來，畢竟了知清淨涅槃，皆是我相❷。

善男子！云何人相❸？謂諸衆生心悟證者。善男子！悟有我者，不復認我，所悟非我，悟亦如是。悟已超過一切證者，悉爲人相。善男子！其心乃至圓悟❹涅槃，俱是我者，心存少悟，備殫證理，皆名人相。

善男子！云何衆生相❺？謂諸衆生心❻自證悟所不及者。善男子！譬如有人作如是言：「我是衆生。」則知彼人說衆生者，非我非彼。云何非我？我是衆生，則非是我。云何非彼？我是衆生，非彼我故。善男子！但諸衆生了證了悟，皆爲我人，而我人相所不及者，存有所了，名衆生相。

善男子！云何壽命相❼？謂諸衆生心照清淨，覺所了者，一切業智❽所不自見，猶如命根❾。

善男子！若心照見❿一切覺⓫者，皆爲塵垢⓬，覺、所覺者，不離塵故，如湯銷冰⓭，無別有冰⓮，知冰銷者⓯？存我覺我⓰，亦復如是。

注釋

❶**衆生**：據《圓覺親聞記》，此中「衆生」二字，不是指凡夫，而是指三聖：聲聞、緣覺、菩薩。

❷**我相**：意謂實我之相，謂衆生於五蘊法中，妄計我、我所爲實有。四相（我相、人相、衆生相、壽者相）之一，執著四相者，不能成爲菩薩。《金剛經》稱：「若菩薩有我相、人相、衆生相、壽者相，則非菩薩。」

❸**人相**：四相之一，於五蘊法中（即色受想行識），計我爲人，不同於其餘五道：天、阿修羅、畜生、餓鬼、地獄。

❹**圓悟**：意謂圓滿覺悟佛教眞理。天台宗的圓教主張三諦三觀圓融，同時覺悟空、假、中的諦理。

❺**衆生相**：比我相、人相更進一步，雖然已經超過了我相、人相，但仍然存在了證了悟之相，這就稱爲衆生相。

❻**衆生心**：一切衆生所有之心，分眞、妄二種，華嚴宗以眞心爲大乘之體，即如來藏心。天台宗以妄心爲大乘之法體，唯識宗以阿賴耶識爲心。

❼**壽命相**：比我相、人相、衆生相又前進一步，雖然已經超過證悟之心，仍存能覺之智，就像命根一樣潛續於內，這就稱爲壽命相。

❽**業智**：即業識，是第八識上微細分別之念，爲什麼不稱爲識而稱爲智呢？因爲這屬於修證，反妄歸眞，轉有漏識，成無漏智。這種微細分別，是從本識上生起，所以不能自見。雖然不能自見，卻常在其中潛續，就像命根一樣。

❾**命根**：梵文jīvitendriya的意譯，小乘佛教中的說一切有部和大乘佛教中的唯識宗所說的心不相應行法之一。因過去世之業而引起今生維持壽命的依據，《大乘廣五蘊論》稱：「云何命根？謂於衆同分，先業所引，住時分限爲性。」

❿**心照見**：此指後一相：壽命相。

⓫**一切覺**：此指前三相：我相、人相、衆生相。

⑫**皆爲塵垢**：塵垢是煩惱的異名。因爲我相、人相、衆生相、壽命相都是迷智之妄境，所以稱爲塵垢。

⑬**如湯銷冰**：湯喻智照，以火煎水而成湯，比喻正念悟心而成智，冰比喻我執，因爲寒冷，凝水而成冰，比喻妄念迷心而成執著。用湯銷冰，比喻以智慧斷除執著。

⑭**無別有冰**：意謂冰既然已經銷熔，不可能另外有冰，以此比喻說明：執著已經斷除，不可能另有執著。

⑮**知冰銷者**：冰銷以後，湯亦不存，意謂冰因湯銷而成水，此湯隨冰銷也成水。到這時候，冰、湯俱忘，只有淸水，還有誰知道冰爲湯所銷呢？以此說明塵垢染汚淨心，經過修行，執空智泯，能、所雙忘，只有淸淨眞心，此時誰能夠知道我執爲智所斷呢？

⑯**存我覺我**：即能覺之我和所覺之我，能覺、所覺互泯，則塵垢煩惱全銷，只有眞心。

譯文

善男子！末法時期的有情衆生，不明了四相，雖然經過多生多世勤奮艱苦的修道，終究不能成就一切神聖果報，所以稱爲佛法的末法時期。爲什麼呢？因爲人們總是以

「我」爲涅槃，把有證有悟稱爲成就。譬如有的人認賊爲子，他家的財富和寶貝終究不能成就。爲什麼呢？愛「我」的人們，也愛涅槃，只是壓伏愛根，以此爲涅槃之相。有的憎恨「我」的人們，也憎恨生死，因爲他們不知道愛是眞正的生死根本。特別憎恨生死，這就稱爲不解脫。

怎樣才能知道「法」的不解脫呢？善男子！末法時期的有情衆生，那些修習菩提的人們，以自己的稍微證悟，自以爲是清淨，還沒有能夠斷盡我相的根本。假若有人讚美他所證得的佛法，就心生歡喜，就想度化他人。如果有人誹謗他學得的佛法，便生憎恨。由此可知，他們頑固堅持我相，潛伏在第八識阿賴耶識之中，致使六根動作，隨於相應六境，任運我執，從來就沒有間斷。

善男子！那些學佛修道的人們，不除我相，就不能入淸淨覺海。善男子！假若證知我空，當然是聞毀而不瞋。如果是自以爲在說法，就是我相沒有斷除。衆生相和壽命相，也是這樣。

原典

善男子！末世衆生不了四相❶，雖經多劫勤苦修道❷，終不能成一切聖果❸，是故名爲正法❹末世。何以故？認一切「我」爲涅槃故，有證有悟名成就故。譬如有人認賊爲子，其家財寶，終不成就。何以故？有愛「我」者，亦愛涅槃，伏「我」愛根❺，爲涅槃相。有憎「我」者，亦憎生死，不知愛者根生死故。別憎生死，名不解脫。

云何當知法❻不解脫？善男子！彼末世衆生習菩提者，以己微證❼，爲自清淨❽，猶未能盡我相根本❾。若復有人贊嘆彼法，即生歡喜，便欲濟度❿。若復誹謗彼所得者，便生瞋恨。則知我相堅固執持，潛伏藏識⓫，游戲諸根⓬，曾不間斷⓭。

善男子！彼修道者不除我相，是故不能入清淨覺⓮。善男子！若知我空，無毀我者。有我說法，我未斷故。衆生、壽命，亦復如是。⓯

注釋

❶**四相**：即前文所説的我相、人相、衆生相、壽者相。

❷**修道**：行位三道之一。聲聞乘自一來向至阿羅漢向，究竟斷三界修惑之位。大乘中，自初地住心至十地菩薩斷除俱生起之煩惱、所知二障之位。於見道照見眞諦以後，進一步修習眞觀，所以稱爲修道。

❸**聖果**：菩提涅槃是依聖道所得之果，所以稱爲聖果。

❹**正法**：意謂眞正道法，三寶（佛、法、僧）中的法寶，以教、理、行、果爲體，是理無偏邪的道法，所以稱爲正法。

❺**愛根**：愛欲是煩惱的根本，能夠產生其他煩惱，所以稱爲愛根。

❻**法**：梵文Dharma的意譯，音譯達磨、達摩等。有二解：一、佛法；二、泛指一切事物或現象。此中用第二解。

❼**微證**：據諦閑著《大方廣圓覺修多羅了義經講義》卷下，微證即「我相中證，人相中悟，生相中了，壽相中淨。皆有分證之相，稱之曰微」。

❽**自清淨**：諦閑著《大方廣圓覺修多羅了義經講義》卷下稱：「然證則自計蘊淨，悟則自計我淨，了則自計人淨，覺則自計生淨，故云爲自清淨。」

❾**猶未能盡我相根本**：一切業智就是我相根本，故稱「猶未能盡」。既然已經微證爲自

清淨，這就是法相。雖然是法相，仍然没有脱離我相根本。

❿**便欲濟度**：意謂方便開示，濟其怠惰，度令精勤，使其修行佛法。

⓫**藏識**：即第八識阿賴耶識，阿賴耶識像一座奇異的倉庫，裡面儲藏著很多種子，阿賴耶識是能藏，種子是所藏。第七識末那識妄執第八識爲「我」，阿賴耶識藏此我執，此稱執藏。

⓬**諸根**：此指眼、耳、鼻、舌、身、意六根。

⓭**曾不間斷**：第七識末那識總是起思量作用，總是妄執第八識阿賴耶識爲「我」，永不間斷。

⓮**是故不能入清淨覺**：末法時期的修道者，必須斷除我相。假若不除我相，則證悟了覺，不離我相、人相、衆生相、壽生相，所以不能入清淨覺。

⓯**衆生、壽命，亦復如是**：達到我空以後，人相、衆生相、壽者相一齊俱空。這樣，就能證悟了覺，而入清淨覺。

譯文

善男子！末法時期的有情衆生，把似病態般的非法說爲正法，所以稱爲可憐憫者。雖然勤奮努力，反而增加各種病態的非法，所以不能入清淨覺。

善男子！末法時期的有情衆生，因爲不了知四相，雖依佛所說之理而解，依佛所說之行而修，便執爲自己修行，終究不能成功。或者有的衆生，還沒有達到涅槃，自以爲已經達到涅槃；沒有證得菩提，自以爲證得菩提。假若見到有勝於己者，更精進者，則心生嫉妒。由此可見，那些衆生還沒有斷除我見，所以不能入清淨覺。

善男子！末法時期的有情衆生，希望成就佛道，但卻廣求經教義理，只是增加多聞，這樣，反而增長我見。應當是勤奮努力，降伏煩惱，發起偉大的勇猛之心。還沒有得到涅槃，使其得到；還沒有斷除無明，使之斷除。貪、瞋、愛、慢、諂曲、嫉妒，境界現前而不生起。由「我」所生的一切恩愛，都趣寂滅。佛告訴淨諸業障菩薩說：這種人還要繼續逐漸取得成功，須求善知識開導指示。只有這樣，才不至於墮入邪見。假若有所追求，就會產生憎心或愛心。這樣，就不能悟入清淨覺海。

原典

善男子！末世衆生說病爲法❶，是故名爲可憐愍者。雖勤精進❷，增益諸病，是故不能入清淨覺。

善男子！末世衆生不了四相，以如來解及所行處，爲自修行，終不成就。或有衆生，未得謂得❸，未證謂證❹。見勝進者，心生嫉妒❺。由彼衆生未斷我愛，是故不能入清淨覺。

善男子！末世衆生希望成道❻，無令求悟，唯益多聞❼，增長我見❽。但當精進降伏煩惱，起大勇猛❾。未得令得，未斷令斷。貪、瞋、愛❿、慢⓫、諂曲⓬、嫉妒，對境不生。彼我恩愛，一切寂滅。佛說是人漸次成就，求善知識⓭，不墮邪見。若有所求，別生憎愛，則不能入清淨覺海⓮。

注釋

❶**末世衆生說病爲法**：末法時期的有情衆生，不了解我相、人相、衆生相、壽者相，爲

度衆生而説自己所得法。實際上他們所説是病，並非正法。他們所證之相，便是我相，若有所悟境界顯露，便是人相，説了説覺，便是衆生、壽者二相。因此四相，所以是「説病爲法」。

❷**精進**：梵文Vīrya的意譯，另譯爲「勤」，音譯毗梨耶。小乘佛教説一切有部七十五法、大乘唯識百法之一，作爲六度之一，稱爲精進波羅蜜。按照佛教教義，在修善斷惡、去染轉淨的修行過程中，不懈怠地努力。《百法明門論忠疏》稱：「云何精進？於善惡品修斷事中，勇悍爲性，能治懈怠、滿善爲業。『勇』表勝進，揀諸染法；『悍』表精純，揀淨無記。即顯精進，唯善性攝。」

❸**未得謂得**：此約涅槃斷果而説，這些人剛斷迷識四相，才離分段生死，相似涅槃，實際上没得涅槃，自以爲已得。

❹**未證謂證**：此約菩提智果而説，某些人剛斷我執煩惱，才證偏眞覺性，與菩提相似，但實際上還没有證得圓滿菩提，自以爲已經證得。

❺**嫉妒**：簡稱爲嫉，梵文īrṣyā的意譯，小乘佛教説一切有部的小煩惱地法之一，大乘唯識的隨煩惱之一。對於別人的成功產生嫉妒的心理。《大乘廣五蘊論》稱：「云何

嫉？謂於他盛事，心妒爲性。爲名利故，於他盛事，不堪忍耐，妒嫉心生，自住憂苦所依爲業。」

❻**成道**：原爲化佛八相中之第六相，於菩提樹下金剛座上成無上菩提之相。後泛指成就佛道。

❼**多聞**：多聞佛法而受持，《維摩經・菩薩品》稱：「多聞是道場，如聞是行故。」

❽**我見**：梵文Satkāyadarśana的意譯，另譯身見，音譯薩迦耶見。認爲「我」及「我所」都是眞實存在的觀點。《大乘廣五蘊論》稱：「云何薩迦耶見？謂於五取蘊隨執爲我，或爲我所，染慧爲性。『薩』爲敗壞義，『迦耶』謂和合積聚義……無常、積聚，是中無我及我所故。染慧者，謂煩惱俱，一切見品所依爲業。」

❾**勇猛**：「勇」謂進修不退，「猛」謂冒難不屈。

❿**愛**：意謂貪物、染著，十二因緣之一。有三種愛：㈠境界愛。臨終時，對於眷屬、家財等的愛著之心；㈡自體愛。臨終時，對於自己身體的愛著之心；㈢當生愛。臨終時，對於當來生處的愛著之心。

⓫**慢**：梵文Māna的意譯，小乘佛教說一切有部的不定地法之一，大乘唯識的煩惱法之

一。意謂傲慢自負。一般來講有七慢：㈠慢。對劣於己者或等於己者，認爲自己勝、自己等，自負傲慢；㈡過慢。對與己等者說自己勝，對比自己勝者說自己等；㈢慢過慢。對比己勝者說自己勝；㈣我慢。不認識「我」是色、受、想、行、識五蘊暫時和合而成，誤認爲有實我、我所；㈤增上慢。尚未修行證得果位，自以爲已經證得；㈥卑慢。認爲和勝過自己很多的人差不多；㈦邪慢。自己沒有功德，卻認爲自己有功德。

⓬**諂曲**：簡稱爲諂，梵文Māyā的意譯，小乘佛教說一切有部小煩惱地法之一，大乘唯識宗的隨煩惱之一。爲了名利，歪曲事實，掩飾自己的過錯。《大乘廣五蘊論》稱：「云何諂？謂矯設方便，隱己過惡，心曲爲性。謂於名利，有所計著，是貪、癡分，障正教誨爲業。」

⓭**善知識**：「善」意謂於我有益，使之行於善道。「知識」意謂知其心識。有十種善知識：㈠令住於善提心之善知識，㈡令生善根之善知識，㈢令行諸波羅蜜之善知識，㈣令解說一切法之善知識，㈤令成熟一切衆生之善知識；㈥令得決定辯才之善知識，㈦令不著一切世間之善知識，㈧令於一切劫修行無厭倦之善知識，㈨令安住於普賢行之善知識，㈩令入一切佛智所入之善知識。

⑭**清淨覺海**：海出衆流，流流入海，以此比喻大覺心，出生一切諸法，教化衆生，成就大圓覺心。如首章所說大陀羅尼門，稱爲圓覺，從此流出一切，所以此處取喻如海。

譯文

這時候，世尊爲了重新宣講這個意思，而說如下偈頌：

淨諸業障菩薩！你應當知道：所有的各類衆生，都是因爲執著我愛之相，自無始以來，在虛妄的生死輪迴中流轉。沒能消除我相、人相、衆生相、壽者相，所以不能成就菩提。貪愛和憎恨都產生於心，諂曲存在於各種心念，所以產生了很多迷悶，不能進入覺悟之城。假若能夠歸依我們清淨莊嚴的佛土，首先去除貪、瞋、癡三毒，令法愛不存於內心，則逐漸可得成就。因其身本來沒有我，憎恨之心和貪愛之心從何而生呢？這種人求善知識指導，終究不會墮入邪見，若存有所求之心，則就永遠不能成佛。

原典

爾時，世尊欲重宣此義而說偈言：

淨業汝當知，一切諸衆生，皆由執我愛，無始妄流轉。未除四種相，不得成菩提。愛憎生於心，諂曲存諸念。是故多迷悶，不能入覺城❶。若能歸吾刹❷，先去貪瞋癡。法愛❸不存心，漸次可成就。我身本不有，憎愛何由生？此人求善友，終不墮邪見。所求別生心，究竟非成就。

注釋

❶**覺城**：覺悟之內，不入一切衆惑，所以比喻爲城。據諦閑著《圓覺經講義》，把覺比喻爲城，有二義：㈠途中多迷，進城則覺。以此比喻證得圓覺以後，如從礦煉出金一樣，不可能再次變爲礦；㈡門通行路，出則可行。以此比喻既然已經證得圓覺，仍要普度衆生，隨方可達。

❷**歸吾刹**：歸即順，吾刹即所悟之境。所以「歸吾刹」意謂歸順所悟之境。以圓覺妙心

爲所悟之境。

❸**法愛**：愛有二種：第一種是欲愛，這是凡夫所有的愛著；第二是法愛。菩薩和佛愛樂善法。法愛又分爲二種：㈠小乘佛教只愛涅槃，大乘菩薩沒有斷法執以前，熱愛善法，這種法愛應當斷除；㈡如來大悲。也稱爲法愛，這是無上的眞愛。

10 普覺章

譯文

於是，在廣大徒衆中普覺菩薩，立即從座位上站起來，向佛足頂禮，向右繞三圈，長跪合掌而對佛說：大慈大悲的世尊啊！請您趕快講一講禪病問題，使各位大衆獲得從來沒有的成果，使其心意空空蕩蕩，得到很大的安穩。世尊啊！末法時期的有情衆生，離佛越來越遠，賢人和聖人，或潛身於巖谷，或伏藏於海隅。邪法增盛，如火熾燃，要讓各類衆生求什麼人呢？依據什麼法呢？修何等行呢？除去什麼病呢？如何發心呢？使那群慧眼未開的衆生，不至於墮入邪見。這樣講完以後，行五體投地禮。這樣誠懇地啓請了三次，請求世尊教誨。

這時候，世尊告訴普覺菩薩說：好啊！好啊！善男子！你能夠詢問如何成就佛道的修行方法，能夠給與末法時期的有情衆生無畏道眼，使那些衆生得成聖道，你現在要仔細聽，我要爲你說。普覺菩薩聽到佛要說法，非常高興，在座大衆也都默然聆聽。

原典

於是，普覺菩薩在大衆中，即從座起，頂禮佛足，右繞三匝，長跪叉手而白佛言：大悲世尊！快說禪病❶，令諸大衆得未曾有❷，心意蕩然，獲大安隱❸。世尊！末世衆生，去佛漸遠，賢聖❹隱伏，邪法❺增熾，使諸衆生求何等人？依何等法？行何等行？除去何病？云何發心？令彼群盲，不墮邪見。作是語已，五體投地。如是三請，終而復始。

爾時，世尊告普覺菩薩言：善哉！善哉！善男子！汝等乃能咨問如來如是修行，能施末世一切衆生無畏道眼❻，令彼衆生得成聖道，汝今諦聽！當爲汝說。時普覺菩薩奉教歡喜，及諸大衆默然而聽。

注釋

❶**禪病**：即一切妄念。妄念是禪定的病魔，《圓覺經》把聽佛說我相、人相、衆生相、壽者相之過，稱爲禪病。

❷**未曾有**：梵文Adbhūta的意譯，音譯阿浮陀。意謂稀有罕見之事，表明意想不到的成果。

❸**安隱**：又稱爲安穩。意謂身安心穩，《法華文句》卷十四稱：「不爲五濁八苦所危，故名安。曰倒暴風所不能動，故名穩。」

❹**賢聖**：「賢」爲善意，「聖」爲正意。符合善法，雖離惡，但沒有發無漏智，沒有證理，沒有斷惑，仍在凡夫之位，這稱爲賢。已發無漏智，已經證理斷惑，已捨凡夫之性，這稱之爲聖。見道前七方便位稱之爲賢，見道以上名爲聖。《大乘義章》卷十七本稱：「和善曰賢，會正命聖，正謂理也，理無偏邪，故說爲正，證理捨凡，說爲聖矣……就位分別，見諦已前調心離惡，名之爲賢，見諦已上會正名聖。故《仁王經》中，地前並名爲三賢，地上菩薩說爲十聖。」

❺**邪法**：錯誤的教法。

❻**道眼**：修道而得之眼，也可以是觀道之眼。

譯文

善男子！末法時期的有情衆生，將要發大心的時候，應當求善知識的指引，想修行的人們，應當求得一切正知見人的幫助，這些有正知見的人其心不安住於相，不執著聲聞、緣覺境界，雖然體現在塵勞煩惱之中，其心卻永遠是清淨的。能爲衆生開示各種修行的過失，讚歎梵行，不使衆生入不律儀。若能求得這種善知識的幫助，就可以成就阿耨多羅三藐三菩提。末法時期的有情衆生，見到這樣的善知識，應當供養，犧牲生命，在所不惜。這樣的善知識，在四威儀當中，永遠是清淨的，乃至能示現種種修行的過患。其心甚至常無憍慢，那裡會搏取財物妻子及眷屬呢？假若善男子對於那種好朋友，不生起惡念，就能夠究竟成就正覺，智慧心花發大光明，照耀十方刹土。

原典

善男子！末世衆生將發大心，求善知識，欲修行者，當求一切正知見❶人，心不住相，不著聲聞、緣覺境界，雖現塵勞，心恆清淨，示有諸過，讚歎梵行，不令衆生入不律儀❷，求如是人，即得成就阿耨多羅三藐三菩提❸。末世衆生，見如是人，應當供養，不惜身命❹。彼善知識，四威儀❺中，常現清淨，乃至示現種種過患，心無憍慢❻，況復搏財妻子眷屬。若善男子於彼善友，不起惡念，即能究竟成就正覺❼，心華❽發明，照十方刹。

注釋

❶**正知見**：即正知、正見，正知意謂正確知道。正見是正確見解，屬於見道，證得菩提以後，不只見世間法，也見出世間法。

❷**不律儀**：三種律儀之一，不律儀屬於惡戒。戒律有善、惡二種，作善止惡是善戒，稱爲律儀。作惡止善是惡戒，稱爲不律儀。不律儀是外道的各種邪戒。惡戒雖然屬於戒律，但這是顛倒的戒律，所以稱爲不律儀。律儀產生善的無表色，不律儀產生惡的無表色。

❸**阿耨多羅三藐三菩提**：梵文Anuttarasamyaksambodhi的音譯，略稱阿耨三菩提，意譯無上正等正覺、無上正遍知、無上正遍覺等。能夠覺知佛教的一切眞理，並能如實了

知一切事物，從而達到無所不知的一種智慧。這種智慧唯佛具有，又稱爲大菩提。《維摩詰經．佛國品》僧肇注：「『阿耨多羅』，秦言無上，『三藐三菩提』，秦言正遍知。道莫之大，無上也。其道眞正，無法不知，正遍知也。」

❹**身命**：身體和壽命的合稱，身體以地、水、火、風四大爲體，命以壽、暖、識爲體。

❺**四威儀**：符合佛教戒律的行、住、坐、臥四種威儀。

❻**憍慢**：煩惱之一，意謂傲慢，《大乘義章》卷五末稱：「自舉凌物，稱曰憍慢。」《俱舍論》卷四稱：「慢對他心舉，憍由染自法，心高無所顧。」

❼**正覺**：梵文Sambodhi的意譯，音譯三菩提。如來的實智稱爲正覺。是一切事物的眞正覺智，所以成佛稱爲正覺。

❽**心華**：把本心的清淨比喻爲花。

譯文

善男子！那種善知識所證悟的妙法，應當離開四種毛病。哪四種毛病呢？

第一種是作病。假若有人說這樣的話：「我於本心造作種種修行，這是爲了求得圓覺。」那種圓覺性，並不是由於造作而得，所以稱爲毛病。

第二種是任病。假若又有人說這樣的話：「我們這些人今世不斷生死，不求涅槃，對於涅槃和生死沒有生起和消滅的念頭，這是爲了求得圓覺。所以要任其自然地，讓一切事物都隨順其法性。」那種圓覺性，並不是任其自然而有，所以稱爲毛病。

第三種是止病。假若又有人說這樣的話：「我現在使自己的心永遠息滅各種念頭，使一切物性寂然平等，這是爲了求得圓覺。」那種圓覺性並不是止念求合，所以稱爲毛病。

第四種是滅病。假若又有人說這樣的話：「我現在要永遠斷除一切煩惱，身心畢竟是空而無所有，更何況根、塵是虛妄境界呢？一切都是永恆寂滅，這是爲了求得圓覺。」所種圓覺性並不是寂滅之相，所以稱爲毛病。

如果離開這四種毛病，才眞正知道自性本來清淨。這樣看問題，才是正確觀點。用其他觀點看問題，都稱爲邪觀。

原典

善男子！彼善知識所證妙法❶，應離四病。云何四病？

一者作病。若復有人作如是言：「我於本心❷作種種行，欲求圓覺。」彼圓覺性，非作得故，說名爲病。

二者任病。若復有人作如是言：「我等今者，不斷生死，不求涅槃。涅槃、生死，無起滅念，任彼一切隨諸法性，欲求涅槃。」彼圓覺性，非任有故，說名爲病。

三者止❸病。若復有人作如是言：「我今自心永息諸念，得一切性寂然平等，欲求涅槃。」彼圓覺性，非止合故，說名爲病。

四者滅病。若復有人作如是言：「我今永斷一切煩惱，身心畢竟空無所有❹，何況根、塵虛妄境界？一切永寂，欲求圓覺。」彼圓覺性，非寂相故，說名爲病。

離四病者，則知清淨。作是觀者，名爲正觀❺。若他觀者，名爲邪觀❻。

注釋

❶**妙法**：梵文Sadharma的意譯，音譯薩達磨、薩達剌摩。最勝之法不可思議，所以稱爲妙法。根據《圓覺經》的解釋，妙法應當遠離四病，妙法即圓覺，因爲它包羅法界，涉入無礙，不墮邪見，所以稱爲妙法。

❷**本心**：意謂本原自心，《頓悟入道要門論》卷上稱：「問：其心似何物？答：其心不青不黃不赤不白，不長不短，不去不來，非垢非淨，不生不滅，湛然常寂，此是本心形相也。亦是本身，本身者，即佛身也。」

❸**止**：梵文Śamatha的意譯，另譯止寂，音譯奢摩他。禪定的異名，往往與「觀」相應而言，爲有「觀」之「定」。

❹**身心畢竟空無所有**：身心受報，都是由於煩惱，此中斷之，使不再生。既然是煩惱永斷，則不起惑，無惑則無業，無業就不會有身心受報，所以說身心畢竟空無所有。

❺**正觀**：對於邪觀而言，觀與經合，則稱爲正見，即正觀。

❻**邪觀**：對於正觀而言，違背佛經的正確觀點，稱爲邪觀。

譯文

善男子！末法時期的有情衆生，如果想修行的話，應當是終生供養善友，侍奉善知識。善知識想來親近教授的話，你應當斷除憍慢心。如果善知識遠離你，也不應當發怒仇恨，應當把善知識示現的順境、逆境視爲虛空，自己明白知道身心都是畢竟空的，與諸衆生毫無差別。這樣修行，才能進入圓覺境界。

原典

善男子！末世衆生，欲修行者，應當盡命供養善友❶，事善知識。彼善知識欲來親近，應斷憍慢。若復遠離，應斷瞋恨。現逆順境，猶如虛空，了知身心畢竟平等，與諸衆生同體❷無異。如是修行，方入圓覺。

注釋

❶**善友**：幫助行善的好朋友。

❷同體：如波之於水，如四肢之於一身，此稱同體，沒有區別。

譯文

善男子！末法時期的有情衆生，不能成就佛道，因爲他們存在著有無始以來的自、他、憎、愛一切種子，所以沒有得到解脫。假若又有人，對待自己的怨家就如自己的父母一樣，其心對之沒有區別。這樣，就能消除各種毛病。在各種事物中的自、他、憎、愛，也是這樣。

原典

善男子！末世衆生，不得成道，由有無始自、他、憎、愛一切種子❶，故未解脫。若復有人，觀彼怨家，如己父母，心無有二，即除諸病。於諸法中，自、他、憎、愛，亦復如是。

注釋

❶**種子**：梵文Biza的意譯，第八識阿賴耶識中產生各種事物的功能，稱爲種子。種子的來源有二：一是本有，二是新熏。產生山河大地等客觀外境的種子，稱爲共相種子，決定個體自性差別的種子，叫做不共相種子。

譯文

善男子！末法時期的有情衆生，要想求得圓覺，應當發心，立下如此的大願：「在整個虛空當中的一切衆生，我都要讓他們悟入究竟圓覺。」在圓覺當中，不能存有我在度衆生之心。沒有你我之相，也沒有一切事物的各種外相。這樣發心，不會墮入邪見。

原典

善男子！末世衆生，欲求圓覺，應當發心❶，作如是言：「盡一切虛空，一切衆生，我皆令入究竟圓覺。」於圓覺中，無取覺者，除彼我相、一切諸相。如是發心，不墮邪見。

注釋

❶**應當發心**：佛告訴普覺菩薩：末法時期的有情衆生，要想求得圓覺，應當發四種心：一者廣大心。對一切衆生平等普度；二者第一心。使衆生悟入究竟圓覺；三者常心。常度衆生，不能存有度衆生之心；四者不顚倒心。破除你我之相，也破除一切事物的各種外相。

譯文

這時候，世尊爲了重新宣講這個意思，而說如下偈頌：

普覺菩薩！你應當知道，末法時期的有情衆生，爲了求得善知識的指引，應當求具有正知正見的人。其心要遠離聲聞、緣覺二乘之人。善知識所敎的法門，應當消除四病，即作病、任病、止病、滅病。善知識親近你，你心中應當是沒有憍慢；善知識遠離你，你心中應當是沒有瞋恨。見到善知識示現的種種順境和逆境，心中應當生起難得之想。視善知識如出世之佛。不犯戒律，儀表莊嚴，內心戒根永遠清淨。度一切衆生，使之悟入究竟圓覺，沒有我相、人相，應當依正智慧，破除邪見，最後證得般涅槃的圓覺境界。

原典

爾時，世尊欲重宣此義，而說偈言：

普覺汝當知，末世諸衆生，欲求善知識，應當求正見❶，心遠二乘者，法中除四病，謂作任止滅，親近無憍慢，遠離無瞋恨，見種種境界，心當生希有，還如佛出世，不犯非律儀，戒根永清淨。度一切衆生，究竟入圓覺。無彼我人相，當依正智慧，便得超邪見，證覺般涅槃❷。

注釋

❶**正見**：梵文Samyakdṛṣṭi的意譯，八正道之一，意謂對四諦等佛教眞理的正確見解。

❷般涅槃：大般涅槃之略。原來指吹滅，或表吹滅之狀態；其後轉指燃燒煩惱之火滅盡，完成悟智之境地。此乃超越生死之悟界，亦爲佛教終極之實踐目的。

11 圓覺章

譯文

於是，在廣大徒衆中的圓覺菩薩，立即從座位上站起來，向佛足頂禮，向佛右繞三圈，長跪合掌而對佛說：大慈大悲的世尊！您爲我們詳細解說得到淨覺的種種方便法門，使末法時期的有情衆生，得到最大的利益。世尊！我們現在已經開悟，佛滅以後，末法時期的有情衆生還沒有開悟的人們，怎樣安居？如何修此圓覺清淨境界？在此圓覺當中，三種淨觀，先修哪一種呢？只願大慈大悲的世尊，爲各位大衆及末法時期的有情衆生作指示，使他們得到大的利益。這樣講過以後，向佛施五體投地禮。這樣誠懇地啓請了三次，請求世尊教誨。

這時候，世尊告訴圓覺菩薩說：好啊！好啊！善男子！你能夠向如來詢問這樣的方便法門，幫助各類衆生得到大的利益。你仔細聽，我要爲你說。當圓覺菩薩聽到佛要說法的時候，非常高興，在座的大衆也都默然聆聽。

原典

於是，圓覺菩薩在大衆中，即從座起，頂禮佛足，右繞三匝，長跪叉手而白佛言：大悲世尊！爲我等輩廣說淨覺種種方便，令末世衆生，有大增益❶。世尊！我等今者已得開悟，若佛滅後，末世衆生未得悟者，云何安居❷？修此圓覺淸淨境界？此圓覺中，三種淨觀❸，以何爲首？唯願大悲，爲諸大衆及末世衆生，施大饒益。作是語已，五體投地。如是三請，終而復始。

爾時，世尊告圓覺菩薩言：善哉！善哉！善男子！汝等乃能問於如來如是方便❹，以大饒益施諸衆生❺，汝今諦聽，當爲汝說。時圓覺菩薩奉教歡喜，及諸大衆默然而聽。

注釋

❶**增益**：根據密宗的解釋，增益是四種壇法之一，爲了增益福德，祈念南方寶部諸尊。這裡是一般用法，即爲衆生增加利益。

❷**安居**：梵文Varṣa的意譯，又稱爲坐夏、坐臘等，印度僧侶，在雨期的三個月時間內，

禁止外出，致力於坐禪修學，此稱安居。分前、中、後三期，始於四月十六日者爲前安居，始於五月十六日者爲後安居，始於中間者爲中安居。這裡是一般用法，意謂安居樂業。

❸**三種淨觀**：淨觀意謂清淨觀法。三種淨觀即修止、修觀、修禪。

❹**如是方便**：簡略來說有二種：一者通相方便；二者別相方便。指修習圓覺的通方便；指三種淨觀的別方便。

❺**以大饒益施諸衆生**：通過別相方便，則修止、修觀、修禪成立；通過通相方便，則圓覺可證。

譯文

善男子！一切有情衆生，或者佛在世的時候（正法時期），或者佛涅槃以後（像法時期），或者在末法時期，具有大乘根性的各類衆生，相信佛的秘密大圓覺心，有想修行的人，假若在伽藍，和廣大徒衆共同安居修行的話，因有種種外緣，所以各隨其能力、因緣，進行思惟體察，如我已經說過的那樣。

假若沒有其他的外緣事務，即可修建道場，應當立個期限。若立長期的話，應是一百二十天，中期一百天，短期八十天。住下來修行用功，以求證果。

原典

善男子！若佛住世，若佛滅後，若法末時，有諸衆生具大乘性，信佛秘密大圓覺心，欲修行者，若在伽藍❶，安居徒衆，有緣事故，隨分思察，如我已說❷。若復無有他事因緣❸，即建道場❹，當立期限。若立長期，百二十日，中期百日，下期八十日，安置淨居❺。

注釋

❶**伽藍**：全稱僧伽藍，梵文Saṅghārāma的音譯，另譯僧伽羅摩，意譯衆園、僧園、僧院等，原指修建僧舍的住地，後轉化爲包括土地、建築物在內的寺院總稱。

❷**如我已說**：指〈普眼章〉所說的妄盡還淨、隨順還圓等。

❸**因緣**：梵文Hetupratyaya的意譯，因和緣的合稱，因是使事物得以產生的內部主要原

因，緣是使事物得以產生的外部輔助條件。

❹**道場**：梵文Bodhimaṇḍa的意譯，音譯菩提曼拏羅。原謂佛成道之所，後演變爲修行學道之處，隋大業九年，隋煬帝下詔，全國寺院改名爲道場。

❺**淨居**：於道場内安置修淨之居，如結戒壇等。

譯文

假若佛在世的時候，應當用正思惟修。假若佛涅槃以後，就要設置佛像，心中作日輪觀，眞正念佛，就如同如來還在世間一般，懸掛幡、供養花等，經過三七（二十一）天，向十方諸佛禮拜稱念佛號，誠誠懇懇地進行懺悔。這樣，就能夠遇到好的境界，使心輕安。在這二十一天中，一心一意收攝妄念。

假若經過夏首，經過三個月的安居，應當爲清淨菩薩安居，其心遠離聲聞，不聚集徒衆。

到安居日的時候，就在佛前說這樣的話：「我比丘某某，我比丘尼某某，我優婆塞某某，我優婆夷某某，依據菩薩大乘教法，我要先修眞如寂滅行，與諸菩薩同入清淨實相，住持正法。以大圓覺境界爲我的道場，身心安居於平等性智。涅槃自性本來清淨，本來解脫，無所繫；本來平等，無所屬。今我敬請慈允，不依聲聞，當依十方一切佛與諸大菩薩安居三個月，爲了修行菩薩無上妙覺的大因緣，決定不聚集徒衆。」

善男子！這就叫做菩薩示現安居，過長、中、短三期日，隨往而不礙。

原典

若佛現在，當正思惟。若佛滅後，施設形像，心存日想，生正憶念，還同如來常住之日，懸諸幡花❶，經三七日，稽首❷十方諸佛名字，求哀懺悔❸，遇善境界，得心輕安，過三七日，一向❹攝念。

若經夏首❺，三月安居，當爲清淨❻菩薩止住，心離聲聞，不假徒衆。

至安居日，即於佛前作如是言：「我比丘❼、比丘尼❽、優婆塞❾、優婆夷❿某甲，踞菩薩乘⓫，修寂滅行，同入清淨實相住持，以大圓覺爲我伽藍，身心安居平等性智⓬，涅槃自性無繫屬故，今我敬請不依聲聞，當與十方如來及大菩薩三月安居，爲修菩薩無上妙覺⓭大因緣故，不繫徒衆。」

善男子！此名菩薩示現安居，過三期日，隨往無礙⓮。

注釋

❶**懸諸幡花**：即香、花、燈、水、果、茶、食、寶、珠、衣十種供養。

❷**稽首**：佛教的最高禮節，用自己最高貴的頭，向對方最卑下的足頂禮。

❸**懺悔**：懺是梵文kṣama音譯懺摩之略，悔是其意譯，合稱懺悔。佛教規定：出家人每半月集合舉行誦戒，給犯戒者以說過悔改的機會。

❹**一向**：意向於一處，沒有其餘的雜念，沒有散亂之心。

❺**夏首**：結夏安居的第一天，即四月十六日。

❻**清淨**：有二：㈠心性清淨。這是對菩薩而言；㈡境界清淨。這是對聲聞而說。

❼**比丘**：梵文Bhikṣu的音譯，另譯苾芻、苾蒭、煏芻、備芻、比呼等，意譯乞士、乞士男、熏士等。佛教稱謂，指出家後受過具足戒的男僧。據《大智度論》卷三，比丘有五個意義：乞士（靠乞食爲生）、破煩惱、出家人、淨持戒、怖魔。

❽**比丘尼**：梵文Bhikṣuṇī的音譯，另譯苾芻尼、苾芻尼、煏芻尼、比呼尼等，意謂乞士

女、除女、熏女等。又稱爲沙門尼、比丘尼。佛教稱謂，指受過具足戒的女衆出家人。

❾**優婆塞**：梵文Upāsaka的音譯，另譯爲烏波索迦、優婆娑迦、伊蒲塞，意譯清信士、近事男、近善男等。佛教稱謂，指親近歸依三寶、接受五戒的在家男居士。

❿**優婆夷**：梵文Upāsikā的音譯，另譯優婆斯、鄔婆斯迦，意譯近事女、近善女、近宿女、信女、清信女等。佛教稱謂，指接受五戒的在家女居士。

⓫**菩薩乘**：五乘（人乘、天乘、聲聞乘、緣覺乘、菩薩乘）之一，修六度，圓滿自利、利他二行，而到佛果的教乘。

⓬**平等性智**：如來四智（大圓鏡智、平等性智、妙觀察智、成所作智）之一，經過修行，轉第七識末那識而成平等性智，以此證悟自、他平等之理，成爲大慈大悲特別是同體大悲的理論根據。

⓭**妙覺**：自覺覺他，覺行圓滿而不可思議，此稱妙覺。妙覺即佛果的無上正覺。小乘佛教的聲聞、緣覺二乘只是自覺，而無覺他。菩薩雖然自覺、覺他，但不圓滿，只有佛自覺、覺他圓滿，覺體不可思議。

⓮**隨往無礙**：只有因緣具足，大乘菩薩即可隨往說法，所以是隨往而無礙。

譯文

善男子！假若那些末法時期的有情衆生，求菩薩道而入三期，不要執著所聞的一切境界，這一切境界終究不可執取。

善男子！假若各類衆生修止，應當首先達到最靜境界，不起思念，靜到極點，就覺悟了。這種最初的寂靜，從一身擴展到整個世界，也是這樣。善男子！假若這種覺悟普遍充滿整個世界，假若這世界中有一衆生起一念頭，都能知道。百千世界也是這樣。不要執著所聽聞的一切境界，這一切境界終究不可執取。

善男子！假若各類衆生修行三摩鉢提，應當首先憶想十方如來十方世界的一切菩薩，依據種種方便法門，勤苦三昧漸次修行，還要發廣大誓願，自然熏習形成種子。不要執著所聽聞的一切境界，這一切境界終究不可執取。

善男子！假若末世未悟各類衆生，要想修行禪那，首先採取數息法門，心中了知生念、住念、滅念的分界數目。在這樣周遍於行、住、坐、臥四威儀中，分別數息，沒有一念不了知的。然後漸次增進，乃至得知百千世界猶如一滴之雨，猶如親眼看見所受用之物，不要執著所聽聞的一切境界，這一切境界終究不可執取。

原典

善男子！若彼末世修行衆生，求菩薩道❶入三期者，非彼所聞一切境界，終不可取。

善男子！若諸衆生修奢摩他，先取至靜，不起思念，靜極便覺❷。如是初靜，從於一身至一世界❸，覺亦如是。善男子！若覺遍滿一世界者，一世界中有一群生起一念者，皆悉能知，百千世界亦復如是。非彼所聞一切境界，終不可取。

善男子！若諸衆生修三摩鉢提❹，先當憶想十方如來十方世界一切菩薩，依種種門，漸次修行勤苦三昧，廣發大願，自熏❺成種。非彼所聞一切境界，終不可取。

善男子！若諸衆生修於禪那❻，先取數門，心中了知生、住、滅念分劑頭數。如是周遍四威儀中，分別念數，無不了知。漸次增進，乃至得知百千世界一滴之雨，猶如目睹所受用物。非彼所聞一切境界，終不可取。

注釋

❶**菩薩道**：即圓滿自利、利他而成佛果。

❷**靜極便覺**：假若末法時期還沒有開悟的有情衆生，要想修奢摩他，首先達到至靜，應當首先憶想所有諸法如幻如夢，不生取著，不起惡念，不作有爲，自不受報。這樣，雖然能夠了生死，仍然取著涅槃。假若知道涅槃也像昨天之夢，這就是靜極。此時的圓覺妙心，脱然畢露，所以稱爲便覺。

❸**從於一身至一世界**：因爲一切實相，其性都是清淨的。一身清淨，多身清淨，如是乃至十方衆生清淨，一世界清淨，多世界清淨，如是乃至盡於虛空，乃至於三世，一切平等，清淨不動，虛空如是平等不動。

❹**三摩鉢提**：梵文Samāpatti的音譯，另譯三摩鉢提、三摩拔提、三摩跋提等。意譯等持，一種禪定名。其意謂降伏惛忱、掉舉，使力至其受位，使身心安和。欲入定時，稱爲三摩鉢提，正在定中，稱爲三摩鉢那（Samāpanna）。

❺**熏**：熏習之略，唯識的前七轉識對第八識阿賴耶識的連續熏染影響作用，説明阿賴耶

識中種子持續和增長的原因。前七轉識是能熏，阿賴耶識是所熏。

❻**禪那**：梵文Dhyāna的音譯，意譯思惟修，新譯靜慮，與禪定意義相同，心定一境而審爲思慮。靜慮之名最能代表它的含義。靜即定，慮即慧，定慧均等之妙體則爲靜慮。

譯文

以上所講的稱爲三觀初步開始的方便法門。假若各類衆生普遍修行三觀，勤懇努力，這就稱爲如來出現於世。

假若以後末法時期的鈍根衆生，其心想求道而不得成就，由於以前的業障，應當勤懇懺悔，經常生起希望，首先斷除憎愛、嫉妒、諂曲，求殊勝上心，三種淨觀隨便學習其中任何一種，如果這一觀不得成就，再來修習另外一觀，但心不棄捨，逐漸求得證悟。

原典

是名三觀❶初首方便。若諸衆生遍修三觀，勤行精進，即名如來出現於世。

若後末世鈍根❷衆生，心欲求道不得成就，由昔業障❸，當勤懺悔，常起希望，先斷憎愛、嫉妒、諂曲，求勝上心，三種淨觀，隨學一事，此觀不得，復修別觀，心不放捨，漸次求證。

注釋

❶**三觀**：即修止、修觀、修禪那。

❷**鈍根**：梵文Mṛdu-indriya的意譯，又稱爲鈍機。指對接受佛道遲鈍者的稱呼。《法華經·方便品》稱：「鈍根樂小法，貪著於生死。」

❸**業障**：因爲惡業障礙正道，所以稱爲業障。業障有五：一者害母，二者害父，三者害阿羅漢，四者破和合僧，五者惡心出佛身血。此稱五無間罪，犯此罪者，墮無間地獄。

譯文

這時候，世尊爲了重新宣講這個意思，而說如下偈頌：

圓覺菩薩！你應當知道，所有的一切各類衆生，要想求得成佛的無上大道，先要準備長期、中期、短期三期專修，懺悔自己無始以來的業障。經過三七（二十一）天的專修，然後進行正確思惟，不要執著所聽聞的一切境界，這一切境界終究不可執取。修止至靜，通過三摩鉢提憶想十方如來，修行的禪那是數息觀，三淨觀是修止、修觀、修禪那。假若能夠勤苦修行這三種法門，等於佛再來世間。鈍根修法不得成就者，其心應當經常勤求懺悔，懺悔過去無始以來的一切業障；假若各種業障都消除了，佛的境界便一一現前。

原典

爾時，世尊欲重宣此義，而說偈言：

圓覺汝當知，一切諸衆生，欲求無上道❶，先當結三期，懺悔無始業。經於三七日，然後正思惟，非彼所聞境，畢竟不可取。奢摩他至靜，三摩正憶持，禪那名數門，是名三淨觀。若能勤修習，是名佛出世❷。鈍根未成者，常當勤心悔，無始一切罪；諸障若消滅，佛境❸便現前。

注釋

❶**無上道**：佛道至高無上，所以稱爲無上道。

❷**佛出世**：意謂佛出現於世界。大乘佛教認爲一時有多佛出現，《俱舍論》卷十二有二說：說一切有部認爲：無邊世界只有一佛出世。其他論師認爲：無量世界有無量佛出世。

❸**佛境**：包含一切事物不可思議的佛境界，《華嚴經》卷二稱：「諸佛境界不思議，一切法界皆周遍。」

12 賢善首章

譯文

於是，在廣大徒衆中的賢善首菩薩，立即從座位上站起來，向佛足頂禮，向右繞三圈，長跪合掌而對佛說：大慈大悲的世尊啊！您爲我們及末法時期的有情衆生，詳細說法，使我們領悟如來不可思議的境界。世尊啊！這種大乘教法，叫什麼名字呢？如何奉持呢？有情衆生修此法門，得何功德呢？我們應當如何護持正法？如何使此經典廣布流傳？傳至什麼地方呢？這樣講完以後，行五體投地禮。這樣懇切地啓請了三次，請求世尊教誨。

這時候，世尊告訴賢善首菩薩說：好啊！好啊！善男子！你能夠爲諸菩薩和末法時期的有情衆生，詢問這部經叫何名稱？依教修行，有何功德？你應當仔細聽，我來爲你說。當賢善首菩薩聽到佛要說法的時候，非常高興，與其他大衆一起靜默聆聽。

原典

於是，賢善首菩薩在大衆中，即從座起，頂禮佛足，右繞三匝，長跪叉手而白佛言：大悲世尊！廣爲我等及末世衆生，開悟如來不思議事。世尊！此大乘教，名字何等？云何奉持？衆生修習得何功德？云何使我護持經人，流布此教？至於何地❶？作是語已，五體投地。如是三請，終而復始。

爾時，世尊告賢善首菩薩言：善哉！善哉！善男子！汝等乃能爲諸菩薩及末世衆生，問於如是經教❷功德名字，汝當諦聽，當爲汝說。時賢善首菩薩奉教歡喜，及諸大衆默然而聽。

注釋

❶**至於何地**：據諦閑著《圓覺親聞記》，此有二義：一者流布此圓覺大教，應在何地？這是此問之密意；二者流布此教之人之功德，可至何等地位？這是此問之正意。

❷**如是經教**：即以前的序分和正宗分。

譯文

善男子！這部經經過百千萬億恆河沙一樣多的佛所說，過去、現在、未來三世諸佛所守護，十方菩薩所歸依，也是十二部經的清淨眼目。這部經稱爲《大方廣圓覺陀羅尼》，又稱爲《了義經》，又稱爲《秘密王三昧》，又稱爲《如來決定境界》，又稱爲《如來藏自性差別》，你應當奉行。

善男子！這部經只是顯示佛的境界，只有如來才能把這個法門講透徹，假若菩薩和末法時期的有情衆生，依據這部經進行修行，逐步增進，可以到達佛地。

原典

善男子！是經百千萬億恆河沙諸佛所說，三世❶如來之所守護，十方菩薩之所歸依❷，十二部經❸清淨眼目。是經名《大方廣圓覺陀羅尼》，亦名《修多羅了義》，亦名《秘密王三昧》，亦名《如來決定境界》，亦名《如來藏自性差別》，汝當奉行。

善男子！是經唯顯如來境界，唯佛如來能盡宣說，若菩薩及末世衆生，依此修行，漸次增進，至於佛地❹。

注釋

❶**三世**：即過去世、現在世、未來世。

❷**歸依**：對於勝者歸投依伏稱爲歸依。《大乘義章》卷十一稱：「歸投依伏故曰歸依。歸投之相，如子歸父。依伏之義，如民依王，如怯依勇。」

❸**十二部經**：亦稱十二分教，指佛經體例上的十二種類別，據《大智度論》卷三十三，十二部經如下：(1)修多羅（Sūtra，契經），即經典中的長行直說；祇夜（Geya，重頌、應頌），與修多羅相應，重宣教義，採用頌體；(3)和伽羅那（Vyākaraṇa，授記），佛給菩薩預言成佛的經文；(4)伽陀（Gāthā，諷頌、孤起頌），採用偈的文體組成經文；(5)優陀那（Udāna，無問自說），無人發問，佛自己宣說的經文；(6)尼陀那（Nidāna，因緣），記述佛說法教化的因緣，如諸經的序品；(7)阿婆陀那（Avadāna，譬喻）。經文中的譬喻部分；(8)伊提目多伽（Itivṛttaka，如是語經），即本事，佛說弟子過去世因緣的經文；(9)闍陀伽（Jātaka，本生）。佛說自己過去世因緣的經文；

⑽毗佛略（Vaipulya，方廣）。佛說方正廣大道理的經文；⑾阿浮陀達磨（Adbhūtadharma，未曾有），記佛顯現種種神通的經文；⑿優婆提舍（Upadeśa，論議）。問答和論議諸法意義的經文。十二部經中的修多羅、祇夜、伽陀三類，是佛經的基本體裁，其餘則是根據經文的內容立名。

❹**佛地**：通教十地的第十位，第九地菩薩最後頓斷煩惱、所知二障，成就佛道。

譯文

善男子！這部經稱為頓教大乘。頓機利根眾生，聽了這部經，從此開悟。也包括一切漸修法門，就像大海一樣，不捨棄小河流，乃至蚊蟲和阿修羅，飲其水，都可以充滿。

善男子！假若有人用積滿三千大千世界的純粹七寶，進行布施，不如有人聽聞這部經名，或者聽懂了其中一句經文的意思。

善男子！假若有人使百千恆河沙眾生得阿羅漢果，其功德不如有人宣講這部佛經，甚至於只講半偈。

善男子！假若又有人聽聞這部經的經名，其心相信而不懷疑，應當知道，這種人並不是在以前一佛二佛前種下各種福慧，而是在所有恆河沙一樣多的佛前種下各種善根，才能聽到這部《圓覺經》，受到教誨。

善男子！你應當保護末法時期有情衆生依此《圓覺經》修行的人們，不要讓惡魔和各種外道，惱害修行人的身心，不要讓那些修行人後退或半途而廢。

原典

善男子！是經名爲頓教❶大乘，頓機❷衆生，從此開悟，亦攝漸修❸一切群品。譬如大海，不讓小流，乃至蚊蝱及阿修羅❹，飲其水者，皆得充滿。

善男子！假使有人純以七寶❺，積滿三千大千世界❻，以用布施❼，不如有人聞此經名，及一句義。

善男子！假使有人教百千恆河沙衆生得阿羅漢果，不如有人宣說此經❽，分別半偈。

善男子！若復有人聞此經名，信心不惑，當知是人，非於一佛二佛，種諸福慧❾，如是乃至盡恆河沙一切佛所種諸善根⑩，聞此經教。

汝善男子！當護末世是修行者，無令惡魔⑪及諸外道，惱其身心，令生退屈。

注釋

❶**頓教**：意謂頓成之教，與漸教相對，凡經歷劫修行，方出生死之法，名爲漸教。頓成頓悟佛果之法，名爲頓教。根據這種含義，《圓覺經》爲頓教大乘，華嚴宗判教的第四是頓教。

❷**頓機**：意謂頓教大乘的根機，即聞頓教而頓悟佛道之機類。

❸**漸修**：初學小乘，後學大乘，由淺入深，逐步修行，此稱漸修。

❹**阿修羅**：梵文Asura的音譯，略稱修羅，另譯阿須羅、阿須倫、阿蘇羅、阿素羅、阿素洛等，意譯不端正、非天等。天龍八部之一，六道之一。古印度神話的一種惡神，常與天神戰鬥。

❺**七寶**：佛教經典說法不一，㈠據《法華經．授記品》，七寶如下：金、銀、琉璃、硨磲、瑪瑙、眞珠、玫瑰。據《無量壽經》，七寶如下：金、銀、琉璃、玻璃、珊瑚、

瑪瑙、硨磲。據《大智度論》卷十，七寶如下：金、銀、毘琉璃、玻璃、硨磲、瑪瑙、珊瑚。據《阿彌陀經》，七寶如下：金、銀、琉璃、頗梨、硨磲、赤珠、瑪瑙。據《般若經》，七寶如下：金、銀、琉璃、硨磲、瑪瑙、虎珀、珊瑚。

❻**三千大千世界**：以須彌山爲中心，七山八海交互繞之，以鐵圍山爲外郭，此稱一小世界。合此小世界一千爲小千世界，合此小千世界一千爲中千世界，合此中千世界一千爲大千世界。此大千世界因由小、中、大三種世界所集成，故稱三千大千世界。大千世界之數量爲十億個小世界，三千大千世界實則爲千百億個世界。

❼**布施**：梵文Dāna的意譯，略稱爲施。音譯檀、檀那，六度之一，施與他人財物等，由此積累功德以至解脱的一種修行方法，有三種布施：財施、法施、無畏施。

❽**經**：梵文Sūtra的意譯，音譯修多羅、素怛纜等，相當於佛教三藏中的經藏。內容原爲佛説，後由佛弟子結集而成。

❾**福慧**：福德與智慧的合稱。

❿**善根**：身、口、意三業之善，堅固而不可拔，所以稱之爲根。善能產生妙果，能產生其餘的善，所以稱之爲根。

⓫魔：梵文Māra音譯魔羅之略，意譯奪命、障礙、擾亂、破壞等。傷害人命、障礙人們行善者，稱爲魔。欲界第六天主爲魔王，其眷屬爲魔民魔人。

譯文

這時候，會中有火首金剛、摧碎金剛、尼藍婆金剛等八萬金剛，以及他們的眷屬，立即從座位上站起來，向佛足頂禮，向右繞三圈，然後對佛說：世尊！假若以後末法時期的一切有情衆生，有人能夠修持這種決定性的大乘要道，我們應當對他們進行保護，就如同保護我們自己的眼睛一樣。乃至於在他們修行的道場，我們這些金剛要親自帶領徒衆，不分早晚地守護著他們，使他們不至於退轉。讓他們的家庭永遠沒有災難障礙，消除他們的疾病，使他們財寶豐富，足夠他們使用，永遠不會感到缺少。

這時候，大梵天王、二十八天王、須彌山王、護國天王等，立即從座位上站起來，向佛足頂禮，向右繞三圈，而對佛說：世尊啊！我們也要守護修持《圓覺經》的人們，讓他們安隱，心不退轉。

原典

爾時，會中有火首金剛❶、摧碎金剛、尼藍婆❷金剛等八萬金剛❸，並其眷屬，即從座起，頂禮佛足，右繞三匝，而白佛言：世尊！若後末世一切衆生，有能持此決定大乘，我當守護，如護眼目。乃至道場❹所修行處，我等金剛自領徒衆，晨夕守護，令不退轉。其家乃至永無災障，疫病消滅，財寶豐足，常不乏少。

爾時，大梵天王❺、二十八天❻王、須彌山王❼、護國天王❽等，即從座起，頂禮佛足，右繞三匝，而白佛言：世尊！我亦守護是持經者，常令安隱❾，心不退轉❿。

注釋

❶**火首金剛**：即火頭金剛明王，梵文Ucchusma的意譯，另譯不淨潔、穢跡等，音譯烏芻沙摩、烏樞沙摩、烏芻瑟摩等。因爲常在厠所祭此明王，所以他有轉不淨爲清淨的功能。《楞嚴經》卷五稱：「烏芻瑟摩，於如來前，合掌頂禮佛之雙足，而白佛言：『我常先憶久遠劫前，性多貪欲，有佛出世，名曰空王。説多淫人成猛火聚，教我遍

觀百骸四支諸冷煖氣。神光內凝，化多淫心，成智慧火，從是諸佛，皆呼召我，名為火頭。我以火光三昧力故，成阿羅漢，心發大願，諸佛成道，我為力士，親伏魔怨。』」

❷**尼藍婆**：梵文Nilavajra的音譯，意譯青金剛。

❸**金剛**：梵文Vajra的意譯，音譯縛曰羅或跋折羅，金中之精稱為金剛。《大藏法數》卷四十一稱：「梵語跋折羅，華言金剛。此寶出於金中，色如紫英，百鍊不銷，至堅至利，可以切玉，世所希有，故名為寶。」執金剛杵之力士，稱為金剛。

❹**道場**：即佛教寺院，隋煬帝於大業九年（公元六一三年）下令全國寺院一律改名為道場，意謂修行學習佛道的場所。

❺**大梵天王**：大梵天為初禪天之王，所以稱為大梵天王，略稱為梵王或大梵王，色界十八天的通名，一般指初禪梵天之王。

❻**二十八天**：即欲界六天、色界十八天、無色界四天。

❼**須彌山王**：即忉利天王，又稱為帝釋。

❽**護國天王**：即東、南、西、北四大天王，又稱為四大金剛。

❾**安隱**：指身心而言，身的四大調和稱為安，心不起妄念稱為隱。

❿**退轉**：即於求佛道之中途，退失菩提心，而墮於二乘凡夫之地；或意謂退失所修證，轉變其地位。

譯文

這時候，有位叫吉槃荼的大力鬼王，與十萬鬼王一起，立即從座位上站起來，向佛足頂禮，向右繞三圈，而對佛說：世尊啊！我們也要守護修持《圓覺經》的人們，早晚侍衛，使之不退屈，在這些人居住的一由旬之內，假若鬼神侵犯他們的境界，我要讓他們粉碎如微塵。

佛講完這部經以後，一切菩薩、天龍鬼神八部眷屬，以及各位天王、梵王等一切大眾，聽了佛所說的道理以後，都非常高興，相信接受，並依教奉持修行。

原典

爾時，有大力鬼王❶名吉槃荼❷，與十萬鬼王，即從座起，頂禮佛足，右繞三匝，而白佛言：世尊！我等亦守護是持經人，朝夕侍衛，令不退屈❸，其人所居一由旬❹內，若有鬼神❺侵其境界，我當使其碎如微塵。

佛說此經已，一切菩薩、天龍鬼神八部❻眷屬，及諸天王❼、梵王等一切大衆，聞佛所說，皆大歡喜，信受奉行。

注釋

❶**大力鬼王**：具有天眼、天耳、神足等神通，阿修羅王即其死後所化，能與諸天爭權。

❷**吉槃荼**：又稱爲鳩槃荼，即可畏鬼，食人精氣，速疾如風，變化無端，住於林野，管諸鬼衆，所以稱爲王，不屬人天，單居鬼趣。

❸**退屈**：即退步屈服之心。菩薩修行，可能產生三種畏難退縮心理：㈠菩提廣大屈：無上菩提，廣大深遠，聞後生退屈之心；㈡萬行難修屈：布施難修，聞後生退屈之心；㈢轉依難證屈：二種轉依妙果難證，聞後生退屈之心。

❹**由旬**：梵文yojana的音譯，另譯俞旬、揄旬、由延、逾闍、逾繕那等，古印度計算距離的單位，以帝王一日行軍之路程爲一由旬，《大唐西域記》卷二稱：「逾繕那者，自古聖王一日運行也。舊傳一逾繕那四十里矣，印度國俗乃三十里。」

❺**鬼神**：鬼爲六趣之一，神爲八部之通稱。有威稱爲鬼，有能稱爲神，《金光明經文句》卷六稱：「鬼者威也，能令他畏其威也。神者能也，大力者能移山塡海，小力者能隱顯變化。」

❻**天龍鬼神八部**：天、龍爲八部衆之首，故標天龍八部。八部如下：天、龍、夜叉、乾闥婆、阿修羅、迦樓羅、緊那羅、摩睺羅迦。

❼**天王**：即四大天王，佛教傳說，須彌山腰有一山叫做犍陀羅山，山有四峰，各有一王居山，各護一天下，所以稱爲四天王。東方持國天王，其塑像身白色，持琵琶；南方增長天王，身青色，持寶劍；西方廣目天王，身紅色，手纏繞一龍；北方多聞天王，身綠色，右手持傘，左手持銀鼠。

源流

《圓覺經》是一部影響深遠的著名大乘經典，對中國佛教華嚴宗、天台宗、禪宗、密宗和《大乘起信論》，都有重要影響。

華嚴宗弘揚《圓覺經》思想者，首推華嚴宗五祖宗密（公元七八〇——八四二年），如前所述，他關於《圓覺經》的注釋，竟然多達五種，所以《圓覺經》被列入華嚴部。

華嚴宗以五教十宗判教。五教如下：㈠小乘教。因爲小乘佛教主張我空法有，所以華嚴宗初祖法順（公元五五七——六四〇年）稱之爲法有我無門；㈡大乘始教。佛剛講大乘的時候，還沒有說明佛性。大乘空宗認爲「因緣故有」，這是生。「無性故空」，這是無生。唯識的識有是生，境空是無生。所以法順稱之爲生即無生門；㈢大乘終教。講到大乘終極的佛性，如《法華》、《涅槃》等，始、終二教都是循序漸進，所以稱爲漸教。法順稱之爲事理圓融門。「事」即心生滅門，「理」即心眞如門。所以事理圓融就是心眞如門和心生滅門圓融；㈣大乘頓教。意謂頓顯，頓示佛性，此指禪宗。因爲禪宗主張「言語道斷，心行處滅」，所以法順稱之爲語觀雙絕門；㈤大乘圓教。即《華嚴經》，因爲該經主張圓融無礙，法順稱之爲華嚴三昧門。

十宗如下：㈠我法俱有宗。此指小乘佛教犢子部；㈡法有我無宗。此指小乘佛教說一切有部，因爲該部主張我空法有；㈢法無去來宗。此指小乘佛教大衆部，因爲該部主張現在和諸法是有，過去、未來全無；㈣現通假實宗。此指小乘佛教說假部，該部主張沒有過去、未來，在現世法中，只有色、受、想、行、識五蘊是實有，十二處、十八界都是假有；㈤俗妄眞實宗。此指小乘佛教說出世部，認爲世俗法都是假的，只有出世法才是眞的；㈥諸法但名宗。此指小乘佛教的一說部等，因爲它們主張眞俗一切法都是假名，並無實體；㈦一切皆空宗。此指大乘始教空宗；㈧眞德不空宗。即終教大乘；㈨相想俱絕宗。即禪宗的頓教思想；㈩圓明俱德宗。即華嚴宗的一乘圓教。

宗密的《圓覺經大疏》，根據上述五教十宗判教主張，又根據《圓覺經》的內容，提出五宗判教主張：㈠隨相法執宗。此指小乘佛教；㈡眞空無想宗。即大乘中觀；㈢唯識法相宗。此指《解深密經》和《瑜伽師地論》所論述的大乘唯識理論；㈣如來藏緣起。即《楞伽經》和《大乘起信論》；㈤圓融具德宗。即《華嚴經》。《圓覺經》被判入如來藏緣起宗。由此可見，儘管宗密推崇《圓覺經》，但他站在華嚴宗的立場上，認爲該經低於華嚴宗本經——《華嚴經》。

華嚴宗主張法界緣起，即眞如緣起。它把法界分爲四種：事法界、理法界、理事無礙法界、事事無礙法界。「事」是現象，「理」是本體，即眞如本體。理事無礙法界說明「理」與「事」互相徹入，理即事，事即理。事事無礙法界是說事與事，也能互相容攝。華嚴宗四祖澄觀（公元七三八——八三九年）認爲一心可以包含萬有，五祖宗密認爲一心是萬物之體，佛和衆生都是由一心產生的，所以心、佛、衆生三無差別。一心是能造，佛和衆生是所造。這與《圓覺經》的觀點完全一致，《圓覺經》認爲圓覺妙心是萬物本源，從圓覺大陀羅尼門流出一切清淨、眞如、菩提、波羅蜜和一切事物。該經認爲心「如法界性究竟圓滿遍十方」（〈文殊章〉），「一切衆生種種幻化皆生如來圓覺妙心」（〈普賢章〉），「是經唯顯如來境界，唯佛如來能究竟說」（〈賢善首章〉）。這和華嚴宗所說的圓攝一切諸法、直顯本來成佛的圓教旨趣，幾乎完全一致，所以宗密認爲這部經類似於圓覺。

天台宗弘揚《圓覺經》的著作主要有秀州竹庵可觀的《圓覺手鑑》一卷、澄覺神煥的《疏》二卷、景德寺居士撰《疏》四卷、栢庭善月的《略解》一卷及十三世紀苕水古雲元粹的《集注》二卷。

天台宗所以如此重視《圓覺經》，是因爲該經與天台宗所倡導的眞如緣起論、一心三觀、一念三千相符合。

關於天台宗的眞如緣起論，天台宗創始人智顗（公元五三八——五九七年）在其著作《法華玄義》卷上，進行了精確表達，「三界無別法，唯是一心作。」他認爲欲界、色界、無色界的一切事物，都是心造作的。

一心三觀，是說一心具備空、假、中三諦。

一念三千是這樣計算的：六凡四聖組成十法界：天、人、阿修羅、地獄、餓鬼、旁生、佛、菩薩、緣覺、聲聞。每一法界又有十法界，十十成百。每個百法界裡又各具十如是：如是相、如是性、如是體、如是力、如是作、如是因、如是緣、如是果、如是報、如是本末究竟。十百成千。衆生世間、國土世間、五蘊世間各具一千，故成三千。

由眞如緣起、一心三觀、一念三千論引伸出觀心法門，因爲一心存有萬物，所以觀心能見一切。在天台宗看來，心奇妙無比，這就是《圓覺經》所說的圓覺妙心。

禪宗自五祖弘忍（公元六〇二——六七五年）以後分爲二支：一支以神秀（公元

六〇六——七〇六年）爲代表，主張漸悟。因爲活動地區主要在北方，所以稱爲北宗；另一支以惠能（公元六三八——七一三年）爲代表，主張頓悟。因爲活動地區主要在南方，所以稱爲南宗。《圓覺經》爲南北二宗都提供了理論基礎，因爲這部經最後聲稱：《圓覺經》稱爲頓教大乘，頓機衆生聽聞這部經，可以開悟。這部經也攝漸修，就像大海不捨棄小河流一樣。

《圓覺經》對禪宗的影響，特別表現在修心方面。「遠離一切幻化虛妄境界，……心如幻者亦復遠離，遠離爲幻亦復遠離。離遠離幻亦復遠離，……知幻即離不作方便，離幻即覺亦無漸次」（〈普賢章〉）。「修多羅教如標月指，……了知所標，畢竟非月」（〈清淨慧章〉）。我們再看一看禪宗的論述，二者之間有驚人的相似之處，如弘忍的《最上乘》所說：「一切衆生清淨之心，亦復如是，只爲攀緣、妄念、煩惱、諸見黑雲所覆，但能凝然守心，妄念不生，涅槃法自然顯現。故知自心本來清淨。」六祖惠能的《壇經》說：「三世諸佛，十二部經，亦在人心中本自具有。……內外明徹，識自本心，若識本心，即是解脫。」

關於修禪方法，《圓覺經》的第七章、第八章，詳細論述了奢摩他、三摩鉢提、禪那和二十五種清淨定輪的修行方法，還說明遠離作、止、任、滅四種禪病。這些教旨都適用於禪門修學，所以《圓覺經》在禪宗佛教徒中盛行流傳。

《圓覺經》對密宗的影響也很明顯，如第七章大威德的出場，就是明顯的密宗特徵。《圓覺經》又稱爲《大方廣圓覺陀羅尼》，此中強調陀羅尼（Dhāraṇī，咒語）的作用，所以受到密宗的重視。

解說

成佛是佛教徒堅定不移的志向，佛在哪裡呢？就在心裡，所以要想成佛，不必向外求，求心即可。此心就是《圓覺經》所說的圓覺妙心，此心妙就妙在它是世界本源，三千大千世界皆由心出。此心的作用殊勝不可思議，正如《宗鏡錄》所說的：「心能作佛，心作衆生，心作天堂，心作地獄。心異則千差竟起，心平則法坦然，心凡則三毒縈纏，心聖則六通自在，心空則一道清淨，心有則萬境縱橫。」有情衆生的四聖六凡和無情的山河大地，都是圓覺妙心變現的。

這一思想不僅佛教具有，也影響到宋明理學，宋代偉大的思想家朱熹（公元一一三〇——一二〇〇年）把「理」作爲世界本源。朱熹的「理」實際上就是《圓覺經》所說的妙心。朱熹在《物類》卷十八曾說：「釋氏云：一月普現一切水，一切水一月攝。」這裡的「月」實際上是妙心，這裡的水實際上是三千大千世界。因爲心是世界本源，所以世間萬物都是心變現的，就像月亮映現水一樣。這正像陸象山所說的：「宇宙便是吾心，吾心便是宇宙。」不僅現象世界是心變現的，道理也是心變現的，正如朱熹所說的「一心具萬理」，「心包萬理，萬理具於一心」。

此心妙就妙在人人具有，在聖不增，在凡不減，佛有一個妙心，芸芸衆生也有一個妙心，心、佛、衆生三無差別，這正如王信伯所說的：「心即性，性即天，天即性，性即心。」這裡的「三無差別」只就妙心而言，實際上佛與衆生是有差別的，差別在哪裡呢？差別就在於佛認識了妙心，衆生沒有認識妙心。佛是梵文Buddha的音譯，意譯爲覺悟，覺悟什麼呢？覺悟眞心。

怎樣才算是覺悟眞心呢？因爲世間一切都是圓覺妙心變現的，所以一切都是虛幻不實的，就像水中月、空中花、鏡中像一樣，都是假有，都是空。遠離一切幻妄境界，知幻即離，離幻即覺。人們的參禪活動，只不過是敲門磚而已，既然已經入門，磚就沒有必要了，應當扔掉。此時的能觀與所觀都消除了，此時的境界就是《圓覺經》所說的與虛空渾然一體，與山河大地融成一片的大光明藏。

怎樣證悟圓覺妙心呢？去妄存眞，把錯誤的東西消除乾淨，剩下的就是正確的。把虛妄分別去掉，剩下的就是圓覺妙心。

成佛並非高不可攀，修行者應當信心十足，因爲我們的佛性眞如人人具有。要想證悟圓覺妙心，必須首先斷除輪迴的根本——愛欲。由於愛欲的不同，卵生、胎生、濕生、化生的有情衆生，具有五性差別：外道種性、聲聞種性、緣覺種性、菩薩種性、佛種性。五種性衆生要想證悟圓覺妙心，必須發大誓願，立志成佛。還要求善知識指導，逐漸斷除煩惱障和所知障，當把二障斷除乾淨圓滿實現誓願的時候，即得清淨解脫，證得偉大的圓覺。

在一切修證位中，有凡夫隨順覺性、菩薩未入地者隨順覺性、菩薩已入地者隨順覺性、如來隨順覺性之別。

一切有情衆生，從無始以來，由於妄想而認爲有「我」，於是就愛我，自己從來就不知道，由於念念生滅的心理作用，而生起憎恨和貪愛，躭著於色、聲、香、味、觸、法五欲。假若遇到善知識的指點，使之開始覺悟到自己本有的清淨圓覺自性，就知道自己是在自尋煩惱。假若有人把塵勞思慮永遠全部切斷，得到清淨法界。到達了清淨法界，但理解不透徹，認爲清淨是道，不清淨不是道，這種虛妄分別就是自我障礙，所以對於圓覺自性的認識不能自由自在，這就是凡夫的隨順覺性。

一切菩薩，由於自己的見解，使自己受到障礙，即使斷除了見解上的障礙，仍然停留在見覺境界中，由於見覺上的障礙，總以爲自己覺悟了，這就成爲障礙而不自在，這就稱爲沒入地菩薩的隨順覺性。

因爲一切都是心造，只要把自己的障礙心滅掉，各種障礙就都滅掉了。因爲障礙已經斷滅了，就不存在滅障礙者了。經教如手指月，假若已經見到了月亮，手指就沒用了。懂得這個道理，就稱爲已入地菩薩的隨順覺性。

因爲一切都是圓覺妙心變現的，所以貪、瞋、癡等一切障礙成佛的因素，本身就是究竟覺；得念和失念，都是解脫；成法和破法，都稱爲涅槃；智慧和愚癡，都是般若；菩薩和外道所成就的法門，都是菩提；無明和眞如的境界並無區別；各種戒、定、慧和淫欲、忿怒、愚癡，都同樣是梵行；有情衆生和國土，本源都是同一法性；地獄、天宮，都是淨土；一切有情衆生，不管是有靈性，還是沒有靈性，都能夠成就佛道；一切煩惱，畢竟是解脫。我們的智慧就如同大海一樣，充滿整個法界，充滿整個虛空，對於外界和內心的一切現象，都能淸淸楚楚明了。這就是如來隨順覺性。

關於修行的方便法門，《圓覺經》指出奢摩他、三摩鉢提、禪那三種。

如果各位菩薩首先了解到自身本有的淸淨圓覺，以淸淨覺心爲基礎，把求靜作爲修行的最終目的。靜極而慧生，作爲虛妄客塵的身心從此永滅。由於寂靜的緣故，十方三界一切如來心便在自心顯現，就如鏡中影像一樣。這種方便法門就稱爲奢摩他。

如果所有的菩薩，首先了悟本有清淨的圓覺妙性，再以此妙心覺知心性及根、塵等都是幻化不實的，並以變化各種不同的如幻佛事開悟如幻衆生，由於緣起如幻的緣故，便於內心發起大慈大悲及輕安的適宜之相，一切菩薩都應當從這一幻觀門起修。當彼此不同的幻者和觀者都成爲幻化的時候，幻化之相則永遠離去消失，這些菩薩的幻觀妙行就稱爲三摩鉢提。

如果菩薩覺悟到清淨圓覺妙心，依此圓覺妙心，不求取幻化境界和各種淨相，因爲了知身心都會障礙成佛。煩惱和涅槃都不能留作障礙。此時，體內便會產生清虛、寂靜、輕安、恬適之相，圓覺妙心與寂滅眞境契合如一。這種修行方法稱爲禪那。

以上三種修行方法，又可以仔細分爲二十五種清淨定輪的修行方法。

如果各位菩薩在修行中消除各種雜念，只是追求極靜狀態，由於靜極所產生的力量，就會永遠斷除煩惱，終成佛道。修行不用起座，便能證入涅槃，這就稱爲單修奢摩他。

如果各位菩薩只是觀法如幻，憑藉佛的慈悲力量，變化如幻世界，在圓覺這一總持法門中不忘失寂念和各種靜慧，這就稱爲單修三摩鉢提。

如果各位菩薩只從滅絕一切如夢如幻的妄念入手，只是斷滅煩惱。煩惱被斷滅乾淨以後，圓覺實相自然就會顯露出來，這就稱爲單修禪那。

如果各位菩薩先從空觀入手，達到極靜的心境，再以靜極所起的靜慧之光，觀照如夢如幻的諸多世界和一切衆生。此時，便在觀幻中發起菩薩淸淨妙行，此稱先修奢摩他，後修三摩鉢提。

如果各位菩薩依靠靜慧，證悟到至靜的圓妙覺性，煩惱便會自然斷滅，永遠出離生死，此稱先修奢摩他，後修禪那。

如果各位菩薩，依靠靜極所產生的智慧，現起幻化之力和種種變化作用，度脫一切衆生，而後斷滅煩惱，進入寂滅境界，此稱先修奢摩他，中修三摩鉢提，後修禪那。

如果各位菩薩，依靠至靜之力，首先斷除煩惱，然後發起菩薩淸淨妙行，化度一切衆生，此稱先修奢摩他，中修禪那，後修三摩鉢提。

如果各位菩薩，依靠至靜之力，使心中一切煩惱妄念斷然息滅，而後度化衆生，建立世界，此稱先修奢摩他，齊修三摩鉢提和禪那。

如果各位菩薩，依靠至靜之力，發起通力變化作用，再斷除一切煩惱，此稱齊修奢摩他、三摩鉢提，後修禪那。

如果各位菩薩，依靠至靜之力，資助於寂滅境界，而後發起通力作用，此稱齊修奢摩他、禪那，後修三摩鉢提。

如果各位菩薩，先以變化通力，隨順種種根性化度衆生，而後再進入至靜境界，此稱先修三摩鉢提，後修奢摩他。

如果各位菩薩，依靠變化通力，幻化種種境界，以教化衆生，從而進入寂滅境界，此稱先修三摩鉢提，後修禪那。

如果各位菩薩，依靠變化通力，而作利於衆生的各種事業，使一切煩惱止滅，此稱先修三摩鉢提，中修奢摩他，後修禪那。

如果各位菩薩，依靠變化通力，顯現所行無礙的幻化作用，使一切煩惱斷然止滅，留住於至靜境界，此稱先修三摩鉢提，中修禪那，後修奢摩他。

如果各位菩薩，依靠變化通力，爲求大乘道的衆生開示各種方便，顯現各種幻化作用，接下來便是至靜和寂滅二種境界同現併生，此稱先修三摩鉢提，齊修奢摩他、禪那。

如果各位菩薩，依靠變化通力，發起種種幻化作用，並用以協助至靜境界，最後斷滅煩惱，此稱齊修三摩鉢提、奢摩他，後修禪那。

如果各位菩薩，依靠變化通力，協助寂滅，而後留住於清淨無作的靜慮境界，此稱齊修三摩鉢提、禪那，後修奢摩他。

如果各位菩薩，依靠寂滅之力緣起至靜，而後安住於纖塵不染的清淨心境，此稱先修禪那，後修奢摩他。

如果各位菩薩，借助於寂滅之力，使各自的自性安住於靜慮，再起各種幻化作用，以度衆生。此稱先修禪那，中修奢摩他，後修三摩鉢提。

如果各位菩薩，使不假造作的自性在種種變化作用中，生起清淨境界，而後歸於靜慮。此稱先修禪那，中修三摩鉢提，後修奢摩他。

如果各位菩薩，借助於寂滅之力，協助於至靜境界的建立，從而幻起種種變化，此稱齊修禪那、奢摩他，後修三摩鉢提。

如果是借助於寂滅之力，協助於起幻度脱衆生的種種變化，因而緣起至靜境界，使境慧更加清徹明朗，此稱齊修禪那、三摩鉢提，後修奢摩他。

通過這二十五種清淨定輪的修行方法，可以消除作、任、止、滅四種病相，消除業障，達到涅槃、菩提的最高目標。

附錄

1大方廣圓覺修多羅了義經略疏序

金紫光祿大夫守中書侍郎尚書門下平章事充集賢殿大學士裴休撰

夫血氣之屬必有知，凡有知者必同體，所謂眞淨明妙，虛徹靈通，卓然而獨存者也，是衆生之本源，故曰心地是諸佛之所得，故曰菩提交徹融攝，故曰法界寂靜常樂，故曰涅槃不濁不漏，故曰清淨不妄不變，故曰眞如離過絕非，故曰佛性護善遮惡，故曰總持隱覆含攝，故曰如來藏超越玄閟，故曰密嚴國統衆德而大備，爍群昏而獨照，故曰圓覺其實皆一心也。

背之則凡，順之則聖；迷之則生死始，悟之則輪迴息；親而求之，則止觀、定慧；推而廣之，則六度萬行；引而爲智，然後爲正智；依而爲因，然後爲正因。其實皆一法也，終曰圓覺而未嘗圓覺者，凡夫也；欲證圓而未極圓覺者，菩薩也；具足圓覺而住持圓覺者，如來也。離圓覺無六道，捨圓覺無三乘；非圓覺無如來，泯圓覺無眞法，其實皆一道也。

三世諸佛之所證，蓋證此也；如來爲一大事出現，蓋爲此也；三藏、十二部一切修多羅，蓋詮此也。然如來垂教，指法有顯密，立義有廣略，乘時有先後，當機有深淺。非上根圓智，其孰能大通之？故如來於光明藏，與十二大士密說而顯演，潛通而廣被，以印定其法，為一切經之宗也。

圭峰禪師，得法於荷澤嫡孫南印上足道圓和尚。一日，隨衆僧齋於州民任灌家，居下位，以次受經，遇《圓覺了義》卷未終軸，感悟流涕，歸以所悟，告其師。師撫之曰：「汝當大弘圓頓之教，此經諸佛授汝耳。」禪師既佩南宗密印，受圓覺懸記。於是，閱大藏經、律，通《唯識》、《起信》等論。然後頓轡於華嚴法界，宴坐於圓覺妙場，究一雨之所霑，窮五教之殊致，乃為之疏解，凡《大疏》三卷、《大鈔》十三卷、《略疏》兩卷、《小鈔》六卷、《道場修證儀》一十八卷並行於世。其敍教也圓，其見法也徹，其釋義也端如析薪，其入觀也明若秉燭，其辭也極於理而已，不虛騁，其文也扶於教而已，不苟飾，不以其所長病人，故無排斥之說，不以其未至蓋人，故無胸臆之論。

蕩蕩然，實十二部經之眼目，三十五祖之骨髓，生靈之大本，三世之達道，後世雖有作者，不能過矣。其四依之一乎，或淨土之親聞乎，何盡其義味如此也？或曰：

道無形，視者莫能睹，道無方，形者莫能至，況文字乎？在性之而已，豈區區數萬言而可詮之哉？對曰：「噫！是不足以語道也。」

前不云乎？統衆德而大備，爍群昏而獨照者，圓覺也。蓋圓覺能出一切法，一切法未嘗離圓覺。今夫經、律、論三藏之文傳於中國者，五千餘卷。其所詮者何也？戒、定、慧而已；修戒、定、慧而求者何也？圓覺而已。圓覺一法也，張萬行而求之者何？衆生之根器異也。

然則，《大藏》皆圓覺之經，此《疏》乃《大藏》之疏也。羅五千軸之文，而以數卷之疏通之，豈不至簡哉？何言其繁也？及其斷言語之道、息思想之心，忘能、所，滅影像，然後爲得也，固不在詮表耳。嗚呼！生靈之所以往來者，六道也。鬼神沈幽愁之苦，鳥獸懷獝狘之悲，修多方瞋，諸天正樂，可以整心慮、趣菩提，唯人道爲能耳。人而不爲，吾未如之，何也已矣！休常遊禪師之閫域，受禪師之顯訣，無以自效，輙直讚其法，而普告大衆耳。其他備乎本序云。

2大方廣圓覺修多羅了義經序

唐終南山草堂寺沙門　宗密述

元亨利貞乾之德也，始於一氣，常、樂、我、淨佛之德也。本乎一心專一氣而致柔，修一心而成道。心也者，沖虛妙粹炳煥靈明，無去無來，冥通三際，非中非外，洞徹十方，不滅不生，豈四山之可害？離性離相，奚五色之能盲？處生死流，驪珠獨耀於滄海；踞涅槃岸，桂輪孤朗於碧天，大矣哉！萬法資始也。萬法虛僞，緣會而生，生法本無，一切唯識。識如幻夢，但是一心，心寂而知，目之圓覺，彌滿清淨中不容他。故德用無邊，皆同一性，性起爲相，境、智歷然，相得性融，身心廓爾，方之海印，越彼太虛。恢恢焉，晃晃焉，迥出思議之表也。我佛證此，愍物迷之，再嘆奇哉！三思大事，既全十力，能摧樹下魔軍，爰起四心，欲示宅中寶藏。然迷頭捨父，悟有易難，故仙苑覺場，教興頓漸，漸設五時之異，空有迭彰。頓無二諦之殊，幽靈絕待。今此經者，頓之類歟，故如來入寂光土，凡聖一源，現受用身，主伴同會，曼殊大士，創問本起之因；薄伽至尊，首提究竟之果，照斯眞體，滅彼夢形，知無我人，誰受輪轉？種種幻化，生於覺心，幻盡覺圓，心通法遍，心本是佛，由念起而漂沈，岸實不移，因舟行而鶩驟。頓除妄宰，空不生華，漸竭愛源；金無重礦，理絕修證，智似階差，覺前前非，名後後位，況妄忘起滅，德等圓明者焉？然出廐良駒，已搖鞭影，埋塵大寶，須設治方，故三觀澄明，眞假俱入，諸輪綺互，單複圓修，四相潛神，非覺違拒，四病出體，心華發明，復令長中下期，克念攝念而加行，別遍互習業障惑，障而消亡，成就慧身。

靜極覺遍，百千世界佛境現前，是以聞五種名，超刹寶施福，說半偈義，勝河沙小乘，實由無法不持，無機不被者也。噫巴歌和衆，似量騰於猿心，雪曲應稀，了義匿於龍藏，宗密髫專魯誥，冠討竺墳，俱溺筌罤，唯味糟粕，幸於涪上，針芥相投，禪遇南宗，教逢斯典，一言之下，心地開通；一軸之中，義天朗耀，頃以道非常道，諸行無常，今知心是佛心，定當作佛。

然佛稱種智，修假多聞，故復行詣百城，坐探群籍，講雖濫泰，學且師安，叨沐猶吾之納，謬當眞子之印。再逢親友，彌感佛恩，久慨孤貧，將陳法施，採集般若，綸貫華嚴，提挈毗尼，發明唯識。然醫方萬品，宜選對治，海寶千般，先求如意。觀夫文富義博，誠讓雜華，指體投機，無偕圓覺，故參詳諸論，反復百家，以利其器，方爲疏解，冥心聖旨，極思研精，義備性相，禪兼頓漸，勒成三卷，以傳強學。然上中下品，根欲性殊，今將法彼曲成，從其易簡，更搜精要，直註本經，庶即事即心，日益日損者矣。

3 刻圓覺經解後跋

中興曹溪嗣法沙門憨山釋德清撰

法身流轉五道，名曰衆生。是則衆生清淨覺地，即諸佛本起因地，但以無明障蔽，日用而不知，故勞我世尊，特現身三界，俯順群機，指示各人本有佛性，以衆生迷來久矣。無明日厚，障蔽日深，非歡照無以通之，故設三觀妙門。爲悟心之要，良田根鈍，不能圓修，故散出一代時中，初說空觀，以破見愛煩惱；次說假觀，以破塵沙；後說中觀，以破無明。

又以先後歷別漸次，不能圓證一心，故說首楞嚴大定，以統攝三觀，圓照一心，頓破無明，是爲圓頓法門。然其文該三藏，教攝五時；十界聖凡，迷悟因果，纖悉備殫，而學者智淺心粗，以文廣義幽，艱澀難通，況離言得意，如契一心者乎。

若夫至簡而精，至切而要者，無尙圓覺之最勝法門也。其文不過一萬三千餘言，統攝無邊教海，該羅法界圓宗，徹一心之源，歷三觀之旨，偏正互換，單復圓修，搜窮妄宰，批剝禪病，而悟心妙門。一超直入，是所謂法界之眞經，成佛之妙行也。

頓悟頓證，如觀掌果，西來直指，秘密妙義。此外無餘蘊矣。凡學佛者，莫不以此爲指南。

昔圭峰禪師，著有略疏，則似簡。別有《小鈔》，若太繁，然文有所捍格，則義有所不達。義不達，則理觀難明；理觀不明，則恍忽枝岐，而無決定之趣矣。

予山居禪暇，時一展卷，深有慨焉，於是祖疏義，而直通經文，貴了佛意，而不事文言，故作《直解》，以結法緣。草成適新安覺我居士，程君夢暘，聞而欣仰，乃因居士吳啓高，特請以梓之。予因歎曰：佛說持四句偈，勝施恆沙七寶之福。以寶乃有漏之因，法乃成佛之本，較之天淵，此吾佛金口稱讚也。程君法施之福無量，當與虛空等矣。敬題於後，令觀者知所自云。時天啓二年歲次壬戌仲夏望日。

4 圓覺經講義序

三藏十二分教，能詮所詮，千派萬別，而同歸於一。一者何？一如來淨圓覺心也。無染之謂淨，無漏之謂圓；無無明之謂覺，合淨、圓、覺三，而爲如來妙明之眞心，亦爲衆生同具之本體。而即背心迷體者，起悟進修之不二妙門也。然而修多羅中，求其直指此一妙門，破二障而除四病，攝五性而被三根。機無不投，義無不顯者，惟一圓覺了義經。雖然，末世衆生，障深業重，讀誦已鮮，何論受持？如目盲人，對日月輪，雖光照大千，亦熟視而無所睹焉。迺有乘大願船，擊大法鼓，教以凡夫之所迷者。迷此，賢聖之所修者；修此，無上法王之所證者；證此，智無不照，理無不彰。語必透宗，義皆顯體，揭眞性而示眞修。提挈流浪生死衆生，一一導歸如來大圓覺海中，其惟我

諦公大師乎，大師秉止觀之法印，澈佛祖之心源，慨大法之沈冥，憫衆生之苦惱。於是纘靈峰遺志，演暢宗風，繼圭峰弘文，別出手眼，長途跋涉，而振錫於上都。暑汗紛披，而焦音於法座。講演歷兩閱月之久，成《圓覺經講義》數十萬言。其間一科

一判，一句一味，一色一香，無不從無上法王大陀羅尼門中，自在流出。且以士夫積垢之深也。研教乘者，則除煩惱之障，或猶易於所知；不得意者，則拒妄念之生。又如以石壓草。大師曰：所知本非障，道在不執而已矣。妄念不必除，道在不爲所轉而已矣。毗笈摩藥，拔諸惑箭，眞濟世之醫王也。然而惡緣既衆，塵事方殷。三學不易齊修，四依又難恆值。

大師復測然愍之，而教以念佛法門，其始也。以淨念治其染念，其繼也。以一念冥其雜念，塵想銷融，則不止之妙止也。佛號分明，則不觀之妙觀也。如是，念茲在茲，至於念而無念，無念而念，空、有雙超，理智一如。則即空即假即中，不知不覺，而入平等本際，圓滿十方。神通大光明藏，於不二境，現諸淨土，豈非不思議解脫也哉？凡此所談，無非妙諦。則又大師於講義外，稱性發揮，應機開示者也。煦與蔣子顯覺，黃子顯琛，日侍講席，耳無停聽，手不停書，錄成兩卷，亦不下數十萬言，盛矣哉！此法會也。如大火聚，近之則立化根塵，如清源池，入之則頓除熱惱。吾知護法筵者上則有天龍八部。沾法雨者，下逮於畜鬼三塗。蓋法音冥契乎佛心，斯佛力遍彌於法界，理無或爽，信而有徵，感應道交，千載一時矣。嗟乎！芸芸衆生，漂流業海，迷途久闇，今則導以破闇之燈，幻念緣塵，今則授以照塵之鏡。所願離圓覺之名相，悟圓覺之本元，對境而念念知宗，隨緣而心心契體，空以無寄，豈隨名言？有復何妨？當知幻化，惟能單提夫一念，念念洪名，自不被轉於六根，根根妙用，無庸測度，祇麼修行，信極願深，同登極樂矣。於是，隨諸會衆，散諸花香，恭敬供養，信受奉行。

大師命，而述其要略如此，更願持此法音，遍滿十方，盡未來際，與無量衆生，同深悲仰，共證圓明，庶幾不負我

佛度世之恩，而滿大師說法之願也歟。

民國七年夏曆六月菩薩戒弟子江甯江杜法名妙煦熏沐稽首謹序

5 圓覺經

高觀如

《圓覺經》，具名《大方廣圓覺修多羅了義經》，一卷，唐罽賓沙門佛陀多羅譯。是唐、宋、明以來教（賢首、天台）、禪各宗盛行講習的經典。

此經譯者的生平事跡不詳。據《開元釋教錄》卷九說：「沙門佛陀多羅，唐云覺救，北印度罽賓人，於東都白馬寺譯《圓覺了義經》一部。此經近出，不委何年：……但眞詮不謬，豈假具知年月耶？」《續古今譯經圖記》、《貞元新定釋教目錄》卷十二也同此記載，認爲此經譯出的年月有疑問。又宗密《圓覺經大疏》卷上之二說：「北都藏海寺道詮法師《疏》又云：羯濕彌羅三藏法師佛陀多羅，長壽二年（公元六九三年）龍集癸巳，持於梵本至神都，於白馬寺翻譯，四月八日畢。其度語、筆受、證義諸德，具如別錄。不知此說本約何文？素承此人學廣道高，不合孟浪。……然入藏諸經，或失譯主，或無年月者亦多，古來諸德皆但以所詮義宗定其眞僞矣。」同《疏鈔》卷四之上又說：「言龍集者，有釋云高宗大帝，……此說恐謬：……長壽年是則天之代，然今亦未委其指的也，待更尋檢。疏具如別錄者，復不知是何圖錄，悉待尋勘。」

可見古德對此經的翻譯記載多有所疑，但都相信其眞詮不謬，而並致其篤信之忱。

此經的內容，是佛爲文殊、普賢等十二位菩薩宣說如來圓覺的妙理和觀行方法。全經一般分作序、正、流通三分。

初、序分，敍述佛入於神通大光明藏三昧，諸佛衆生清淨寂滅平等圓滿不二，所現淨土有文殊師利等十二大菩薩爲上首的十萬大菩薩衆，皆入此三昧住於如來平等法會。

次、正宗分，敍佛因文殊師利等十二大菩薩次第請問，而依次宣說圓覺的義理和觀行，即分十二章，每章先以長行問答說法，後以偈頌重宣其義。其中：一、〈文殊章〉，是一經的宗趣所在。宣說有大陀羅尼——圓覺法門，流出一切清淨眞如、菩提、涅槃及波羅蜜。顯示佛菩薩的因行果相都不外乎修證本有的圓覺道理。以下各章即說其觀行。二、〈普賢章〉，說示圓覺境界的修行方便，遠離一切幻妄境界，知幻即離，離幻即覺。三、〈普眼章〉，說示修習圓覺，應當正念遠離諸幻，先依奢摩他行，堅持淨戒，宴坐靜觀身心幻垢、人法二空，乃至幻滅垢盡，一切清淨，覺性平等不動。四、〈金剛藏章〉，說示圓覺本性平等不壞，衆生有思惟心不能測度如來境界，故應先斷無始輪迴根本。五、〈彌勒章〉，說云愛欲爲輪迴根本，一切衆生由本貪欲，發揮無明，顯出五性差別不等，依事理二障而現深淺。應發大願，求善知識，漸斷諸障，證大圓覺。六、〈清淨慧章〉，說示圓覺自性本無取證，但於除滅一切幻化修證位中，有凡夫隨順覺性、菩薩未入地者隨順覺性、菩薩已入地者隨順覺性、如來隨順覺性諸位差別。七、〈威德自在章〉，說示修行的方便，依著衆生的根性而有三種差別：㈠奢摩他、㈡三摩鉢提、㈢禪那，此三法門若得圓證，即成圓覺。八、〈辨音章〉，說示單修奢摩他或三摩鉢提或禪那一法，乃至或先或後齊修二法，乃至三法等二十五種清淨定輪的修行方法。九、〈淨諸業障章〉，說示覺性本淨，但由衆生從無始以來，妄執我、人、衆生、壽命，認爲顚倒爲實我體，妄生瞋愛，生妄業道，不能入於清淨覺海。十、〈普覺章〉，說示欲求圓覺，應除作、任、止、滅四種病相，以及去除諸病，求證圓覺之道。十一、〈圓覺章〉，說示修行大圓覺者，長期、中期、下期三種安居的方法，以及修習奢摩他、三摩鉢提、禪那三觀等方便。十二、〈賢善首章〉，說示此經名《大方廣圓覺陀羅尼》，亦名《修多羅了義》等五名，並信聞受持此經的功德利益等。此章通行本中只有長行問答說法，未有偈頌重宣其義，比起以前十一章來文體似欠完整。近世日本松本文三郎氏偶獲古來本《圓覺經》下卷一帖，見此〈賢善首章〉佛說至「汝善男子，當獲末世是修行者，無令惡魔及諸外道惱其身心令生退屈」句下，有「爾時，世尊欲重宣此義而說偈言：賢善首當知，……護是宣持者，無令生退屈」一百十三字，這實是此經已脫佚的文字可知（見日本《續藏經》第二編乙第二十三套第四冊、《圓覺經佚文》）。由於現存最古的此經注疏唐宗密《大疏》、《略疏》中均皆缺此文句看來，可知這一段文字是在公元九世紀初宗密撰疏以前即已脫落了的。

又最後〈賢善首章〉一般即為此經的流通分，或又以此章後段從「爾時，會中有火首金剛」起至經末止，敘述諸金剛、天王、鬼王等衆護祐持是經人等為流通分。

此經在經錄中被列於大乘修多羅藏，後世更收入華嚴部。這是由於此經所說「圓覺流出一切清淨眞如、菩薩、涅槃、及波羅蜜」、「如法界性究竟圓滿遍十方故」（〈文殊章〉），又說「一切衆生種種幻化皆生如來圓覺妙心」（〈普賢章〉），「是經唯顯如來境界，唯佛如來能究竟說」（〈賢善首章〉），這都合乎華嚴宗圓攝一切諸法、直顯本來成佛的圓教旨趣。因此唐宗密禪師認為此經「分同華嚴圓教」，後世學人都列之於華嚴部類。又此經在禪門中也傳習甚廣，即因此經顯示的修行方便，處處與禪法相合。經中所說：「遠離一切幻化虛妄，……心如幻者亦復遠離，遠離爲幻亦復遠離，離遠離幻亦復遠離，……知幻即離不作方便，離幻即覺亦無漸次」（〈普賢章〉），「何況能以有思惟心，測度如來圓覺境界」（〈金剛藏章〉）、「無取無證，於實相中實無菩薩及衆生」、「修多羅教如標月指，……了知所標，畢竟非月」（〈清淨慧章〉），以及奢摩他、三摩鉢提、禪那三種禪法及二十五種清淨定論，乃至遠離作、止、任、滅四種禪病（七至十一章），這些教旨都適用於禪門修學，因而此經在叢林中盛行流傳。經中最後並稱「是經名爲頓教大乘，頓機衆生從此開悟，亦攝漸修一切群品」，後世學人也即稱此經爲大乘頓教。

至於此經在教禪之間的盛行弘傳，實但始於唐圭峰宗密禪師（公元七八〇——八四一年），即宗密上承賢首（法藏）、清宗（澄觀）的華嚴教系，又承荷澤（神會）、荆南（惟忠）、遂州（道圓）的南宗禪系，對於此經極爲欣契，自稱「禪遇南宗，教逢斯典，一言之下心地開通，一軸之中義天朗耀」（《圓覺經大疏》序），而殷殷致力於此經的弘闡。所著有《圓覺經大疏》十二卷、《大疏鈔》二十六卷、《略疏》四卷、《略疏鈔》十二卷、《大疏科》三卷、《道場證義》十八卷，精詳地顯發了此經的義蘊。此外，他還著有《圓覺經禮懺略本》四卷、《圓覺經道場六時禮》一卷等（見《義天錄・海東有本見行錄》）。宗密在《圓覺經大疏鈔》卷一之下中自稱：「此經具法性、法相、破相三宗經論，南北頓漸兩宗禪門，又分同華嚴圓教，具足悟修門戶，……宗密遂研精覃思，竟無疲厭；後因攻《華嚴》大部，清涼廣疏，窮本究末，又遍閱藏經，凡所聽習咨詢討論披讀，一一對詳《圓覺》，以求旨趣；……率愚爲《疏》至（長慶）三年（公元八二三年）夏終，方遂終畢。」於此顯示宗密著《疏》的內容和他教禪兼弘的宗旨。因此在華嚴和禪宗盛行的當時，由於宗密的弘揚，致使此經廣行流傳。而宗密的疏鈔即爲後世學人依憑的要籍。

在宗密以前，此經的著疏已有四家，即唐京報國寺惟慤《疏》四卷、先天寺悟實《疏》二卷、荐福寺堅志《疏》四卷、北部藏海寺道詮《疏》三卷。宗密當時皆反復研味，認爲「互有長短，謂慤邈經文，簡而可覽；實述理性，顯而有宗；詮多專用它詞，志可利於群俗」（《圓覺經大疏》卷上之二）。此外宗密又聞江淮間也另有疏流行，但未親見（同《疏鈔》卷四之上）。自宗密疏出，文義精朗，以上各疏即均晦佚無傳（見清遠《圓覺經略疏鈔隨文要解》）。宗密以後，至十一世紀間，賢首宗學者杭州慧因寺淨源，曾據宗密的《道場修證儀》刪定爲《圓覺經略本道場修證儀》卷一，用以便於修習。十二世紀間，毗陵華嚴寺觀復撰有《圓覺經鈔辨疑誤》二卷，以勘定當時《疏鈔》刊行本的錯誤。隨後有四蜀龍翔寺復庵道輝撰《圓覺經類解》八卷，經鏡庵行霆加以修訂行世。至宋孝宗則以禪學思想撰《御注圓覺經》二卷。毗陵華嚴寺清遠撰《圓覺經疏鈔隨文要解》十二卷。又當時教禪一致的風氣流行，於時有龍江章江禪院如山撰《圓覺經略疏序注》一卷。此外尚有大軻撰《樂性樂》二卷、德素撰《玄議》二卷、法圓撰《經解》二卷、道璘撰《地位章》一卷、《三觀扶宗息非》一卷等（均見《義天錄》）。又天台宗徒有秀州竹庵可觀撰《圓覺手鑑》一卷，澄覺神煥撰《疏》二卷、景德寺居式撰《疏》四卷、慈室妙云撰《直解》三卷、柏庭善月撰《略解》一卷（見《佛祖統紀》卷十四～十八）。十三世紀間，苕水古云元粹依天台教觀，參考神煥、居式、可觀、慈室諸《疏》，並據宗密《疏鈔》撰《集注》二卷，其中保存了已經散佚的天台諸家的注解。潼川居簡序此書云：「圭峰發明此經，造《疏》數萬言，……由唐至今，廣略並行，西南學徒，家有其書，於戲盛哉。江淮荆巒稍若不競，天台再造於五季亂離之際，鼓行吳越間，作者輩出，巉然見頭角，由是二家之言，肝膽楚越，咫尺雲壤。」於此可見台、賢兩宗學人並重此經而見解各別。稍後又有台州崇善教寺智聰撰《心鏡》六卷、居士周琪撰《夾頌集解講義》十二卷，這都是闡述教禪一致的理解之作。至十七世紀以來，有武林陸通律寺寂正撰《要解》二卷。憨山德清撰《直解》二卷、二楞庵通潤撰《近釋》六卷、居士焦竑撰《精解評林》二卷（現存上卷）。禪宗羅峰弘麗撰《句釋正白》六卷、賢首宗通潤撰《折義疏》六卷、淨挺撰《圓覺連珠》一卷等。這是由於宋、明以來佛教界形成禪教融會的風氣，而此經乃契其機，因而講述頗盛。

此經從唐以來，在朝鮮半島甚爲流行，據《義天錄》有本現行錄，可知當時（公元一〇九〇年）尚傳存有堅志《疏》，以及宗密、淨源、大軻、德素、法圓、善聰、仲希、道璘等疏著，其中以宗密的《疏鈔》流傳最廣。同時此經在日本禪教間也盛行傳持，著名的注疏有鳳潭的《集注日本決》五卷、普寂的《義疏》二卷、大內青巒的《計義》一卷、湯次了榮的《研究》一卷等。

參考書目

1《大乘起信論》 印・馬鳴
2《壇經》 唐・惠能
3《圓覺經大疏》 唐・宗密
4《圓覺經大疏鈔》 唐・宗密
5《圓覺經略疏》 唐・宗密
6《圓覺經略疏鈔》 唐・宗密
7《圓覺經略疏科》 唐・宗密
8《道場修證儀》 唐・宗密
9《圓覺經道場略本修證義》 宋・淨源
10《圓覺經鈔辨疑誤》 宋・觀復
11《圓覺經類解》 宋・復庵
12《御注圓覺經》 宋・孝光
13《圓覺經疏鈔隨文要解》 宋・清遠
14《圓覺經略疏序註》 宋・如山

15《圓覺經心鏡》宋・智聰
16《圓覺經夾頌集解講義》宋・周琪
17《圓覺經要解》明・寂正
18《圓覺經直解》明・德清
19《圓覺經近釋》明・通潤
20《圓覺經精解評林》明・焦竑
21《圓覺經句釋正白》清・弘麗
22《圓覺經連珠》清・淨挺
23《圓覺經析義疏大義》清・通理
24《圓覺經析義疏上懸示》清・通理
25《圓覺經析義疏》清・通理
26《圓覺經講義》民國・諦閑
27《圓覺經親聞錄》民國・諦閑
28《中國哲學史簡編》之佛教和宋明理學部分 任繼愈主編

29《隋唐佛教》的華嚴宗、禪宗部分　郭朋
30《圓覺經》載於《中國佛教》卷三　高觀如
31《圓覺經略說》　南懷瑾
32《圓覺經之研究》，載於《現代佛教學術叢刊》⑪　日・湯次了榮
33《圓覺經大疏鈔要文》　日・東大寺實撰
34《圓覺經略疏助寥鈔》　日・葛藤
35《圓覺經集註日本訣》　日・鳳潭
36《圓覺經集註俗談》　日・光謙
37《圓覺經略疏聞書》　日・宜譽義海
38《圓覺經義疏》　日・普寂
39《圓覺經集註遊刃鈔》　日・敬雄
40《圓覺經集註聞誌》　日・隨慧
41《圓覺經助讀》　日・曇空
42《圓覺革講錄》　日・裕察本阿

中國佛教高僧全集

本書以創新的小說體裁，具體呈現歷代高僧的道範佛心；
現代、白話、忠於原典，
引領讀者身歷其境，
去感受其至情至性的生命情境。
全套100冊，陸續出版中。

已出版：

・玄奘大師傳	圓香居士	著	(平)350元
・鳩摩羅什大師傳	宣建人	著	(平)250元
・法顯大師傳	陳白夜	著	(平)250元
・惠能大師傳	陳南燕	著	(平)250元
・蓮池大師傳	項冰如	著	(平)250元
・鑑眞大師傳	傅傑	著	(平)250元
・曼殊大師傳	陳星	著	(平)250元
・寒山大師傳	薛家柱	著	(平)250元
・佛圖澄大師傳	葉斌	著	(平)250元
・智者大師傳	王仲堯	著	(平)250元
・寄禪大師傳	周維強	著	(平)250元
・憨山大師傳	項東	著	(平)250元
・懷海大師傳	華鳳蘭	著	(平)250元
・法藏大師傳	王仲堯	著	(平)250元
・僧肇大師傳	張強	著	(平)250元
・慧遠大師傳	傅紹良	著	(平)250元
・道安大師傳	龔雋	著	(平)250元
・紫柏大師傳	張國紅	著	(平)250元
・圜悟克勤大師傳	吳言生	著	(平)250元
・安世高大師傳	趙福蓮	著	(平)250元
・義淨大師傳	王亞榮	著	(平)250元
・眞諦大師傳	李利安	著	(平)250元
・道生大師傳	楊維中	著	(平)250元
・弘一大師傳	陳星	著	(平)250元
・讀體見月大師傳	溫金玉	著	(平)250元
・僧祐大師傳	章義和	著	(平)250元
・雲門大師傳	李安綱	著	(平)250元
・達摩大師傳	程世和	著	(平)250元
・懷素大師傳	劉明立	著	(平)250元
・世親大師傳	李利安	著	(平)250元
・印光大師傳	李向平	著	(平)250元
・慧可大師傳	李修松	著	(平)250元
・臨濟大師傳	吳言生	著	(平)250元
・道宣大師傳	王亞榮	著	(平)250元
・趙州從諗大師傳	陳白夜	著	(平)250元
・清涼澄觀大師傳	李恕豪	著	(平)250元
・佛陀耶舍大師傳	張新科	著	(平)250元
・馬鳴大師傳	侯傳文	著	(平)250元
・馬祖道一大師傳	李　浩	著	(平)250元
・圭峰宗密大師傳	徐湘靈	著	(平)250元
・曇鸞大師傳	傅紹良	著	(平)250元
・石頭希遷大師傳	劉眞倫	著	(平)250元
・來果大師傳	姚　華	著	(平)250元
・湛然大師傳	姜光斗	著	(平)250元
・道信大師傳	劉　蘋	著	(平)250元

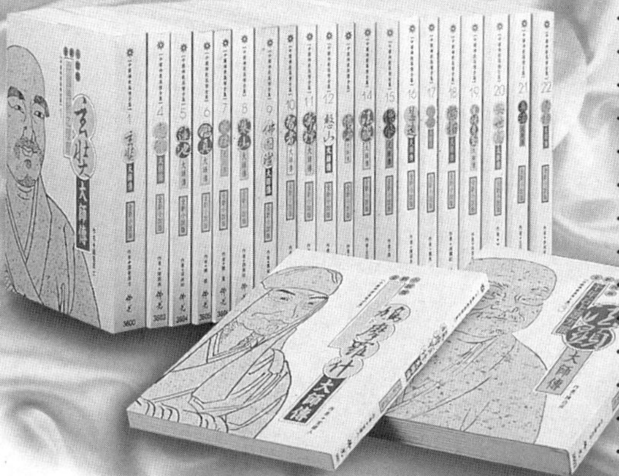

佛光文化事業有限公司
劃撥帳號：18889448・TEL：(02)29800260・FAX：(02)29883534
◎南區聯絡處　TEL：(07)6564038・FAX：(07)6563605
http://www.foguang-culture.com.tw/　E-mail:fgce@ms25.hinet.net

02000	佛光大辭典光碟版　佛光山宗務委員	600
梵唄錄音帶		**定價**
03000	佛光山梵唄	500
03001	早課普佛	100
03002	佛說阿彌陀經	100
03003	觀世音菩薩普門品	100
03004	彌陀普佛	100
03005	藥師普佛	100
03006	上佛供	100
03007	自由念佛號	100
03008	七音佛號	100
03009	懺悔文	100
03010	觀世音菩薩普門品　（台語）	100
03011	七音佛號　（台語）	100
03012	觀世音菩薩聖號　（心定法師敬誦）	100
03013	六字大明咒　（心定法師敬誦）	100
03014	大悲咒　（梵文）（心定法師敬誦）	100
03015	大悲咒　（心定法師敬誦）	100
03016	金剛般若波羅蜜經　（台語）	100
03017	佛說阿彌陀經　（台語）	100
03018	彌陀聖號　四字佛號（心定法師敬誦）	100
03019	南無阿彌陀佛聖號　六字佛號（心定法師敬誦）	100
03020	觀世音菩薩聖號　（海潮音）	100
03021	六字大明頌	100
03022	給人方便　（心定法師敬誦）	200
03023	給人歡喜　（心定法師敬誦）	200
廣播劇錄音帶		**定價**
03800	禪的妙用（一）　（台語）	100
03801	禪的妙用（二）　（台語）	100
03802	禪的妙用（三）　（台語）	100
03803	禪的妙用（四）　（台語）	100
03804	童話集（一）	100
03805	兒童的百喻經　（有聲書）	1200
梵樂錄音帶		**定價**
03400	佛教聖歌曲	100

03401	回歸佛陀的時代弘法大會	100
03402	三寶頌（合唱）	100
03403	梵唄音樂弘法大會（上）	100
03404	梵唄音樂弘法大會（下）	100
03405	爐香讚	100
03406	美滿姻緣	100
03407	大慈大悲大願力	100
03408	慈佑眾生	100
03409	佛光山之歌	100
03410	三寶頌（獨唱）呂麗莉演唱	100
03411	浴佛偈	100
03412	梵樂集（一）電子琴合成篇	200
03413	聖歌偈語	100
03414	梵音海潮音	200
03415	禪語空人心（兒童唱）	200
03416	禪語空人心（成人唱）　陳麗麗演唱	200
03417	禮讚十方佛　叢林學院等演出	100
03418	般若波羅蜜多心經（國語修心版）	120
03419	般若波羅蜜多心經（梵音修行版）	120
03420	誰念南無——佛教梵唄之美	120
梵樂CD		**定價**
04400	浴佛偈CD	300
04401	禮讚十方佛CD	300
04402	般若波羅蜜多心經（國語修心版）	300
04403	般若波羅蜜多心經（梵音修行版）	300
04404	誰念南無——佛教梵唄之美	300
弘法錄影帶		**定價**
05000	（一）金剛經的般若生活（大帶）星雲大師講	300
05001	（二）金剛經的價值觀（大帶）星雲大師講	300
05002	（三）金剛經的四句偈（大帶）星雲大師講	300
05003	（四）金剛經的發心與修持（大帶）星雲大師講	300
05004	（五）金剛經的無住生心（大帶）星雲大師講	300
05005	禮讚十方佛　叢林學院等演出	300
05006	佛光山開山三十週年紀錄影片　佛光山宗務委員會	1500（特價1200）

訂購辦法：

- 請向全省各大書局、佛光書局選購。
- 利用郵政劃撥訂購：郵劃帳號18889448　戶名：佛光文化事業有限公司
- 國內讀者郵購800元以下者，加付掛號郵資30元。
- 價格如有更動，以版權頁爲準。國外讀者，郵資請自付。
- 團體訂購，另有優惠：100本以上　8折
100本～500本　7折
501本以上　6折

佛光文化有聲出版品目錄

星雲大師佛學講座有聲叢書		定價
00001	觀音法門	100
00003	般若波羅蜜多心經	16卷800
00004	金剛般若波羅蜜經	26卷1300
00005	六祖壇經1～6卷	300
00006	六祖壇經7～12卷	300
00007	六祖壇經13～18卷	300
00008	六祖壇經19～24卷	300
00009	六祖壇經25～30卷	300
00010	星雲禪話1～6卷	300
00011	星雲禪話7～12卷	300
00012	星雲禪話13～18卷	300
00013	星雲禪話19～24卷	300
00014	星雲禪話25～30卷	300
00015	星雲禪話31～36卷	300
00016	金剛經的般若生活 (國、台語)	100
00017	金剛經的四句偈 (國、台語)	100
00018	金剛經的價值觀 (國、台語)	100
00019	金剛經的發心與修持 (國、台語)	100
00020	金剛經的無住生心 (國、台語)	100
00040	淨化心靈之道 (國、台語)	100
00041	偉大的佛陀（一） (國、台語)	100
00042	偉大的佛陀（二） (國、台語)	100
00043	偉大的佛陀（三） (國、台語)	100
00044	佛教的致富之道	100
00045	佛教的人我之道	100
00046	佛教的福壽之道	100
00047	維摩其人及不可思議 (國、台語)	100
00048	菩薩的病和聖者的心 (國、台語)	100
00049	天女散花與香積佛飯 (國、台語)	100
00050	不二法門的座談會 (國、台語)	100
00051	人間淨土的內容 (國、台語)	100
00052	禪淨律三修法門 (禪修法門) (國、台語)	100
00053	禪淨律三修法門 (淨修法門) (國、台語)	100
00054	禪淨律三修法門 (律修法門) (國、台語)	100
00055	廿一世紀的訊息 (國、台語)	100
00057	佛教的眞理是什麼 (國、台語)	100
00058	法華經大意 (國、台語)	6卷300
00059	八大人覺經 (國、台語)	100
00060	四十二章經 (國、台語)	100
00061	佛遺教經 (國、台語)	100

00062	八大人覺經十講 (一書四卡)	350
00063	心甘情願	6卷450
00064	佛門親屬談 (國、台語)	100
心定法師主講		定價
01014	佛教的神通與靈異	6卷450
01015	談業力 (台語)	100
01019	人生與業力 (台語)	200
01021	如何照見五蘊皆空 (國、台語)	200
01032	禪定與智慧	6卷450
慈惠法師主講		定價
01000	佛經概說 (台語)	6卷450
01006	佛教入門 (國、台語)	200
01011	人生行旅道如何 (台語)	200
01012	人生所負重多少 (台語)	200
01016	我與他 (台語)	200
依空法師主講		定價
01001	法華經的經題與譯者 (台語)	200
01002	法華經的譬喻與教理 (台語)	200
01003	法華經的開宗立派 (台語)	200
01004	法華經普門品與觀世音信仰 (台語)	200
01005	法華經的實踐與感應 (台語)	200
01007	禪在中國（一）	200
01008	禪在中國（二）	200
01009	禪在中國（三）	200
01010	普賢十大願	450
01013	幸福人生之道 (國、台語)	200
01017	空慧自在	6卷500
01020	尋找智慧的活水	200
01029	如何過淨行品的一天	100
01030	涅槃經	6卷500
依昱法師主講		定價
01018	楞嚴經大義	6卷500
其　他		定價
01022	如何過無悔的一天：廖輝英	100
01023	如何過如意的一天：鄭石岩	100
01024	如何過自在圓滿的一天：林谷芳	100
01025	如何過看似無味的一天：吳念眞	100
01026	如何過法喜充滿的一天：蕭武桐	100
01027	如何過有禪意的一天：游乾桂	100
01028	如何過光明的一天：林清玄	100
CD — ROM		定價

外文叢書
CATALOG OF ENGLISH BOOKS

BUDDHIST SCRIPTURE		AUTHER	PRICE
A001	VERSES OF THE BUDDHA'S TEACHINGS（法句經）	VEN. KHANTIPALO THERA	NT$150
A002	A GARLAND FOR THE FOOL（英譯百喻經）－ THE SCRIPTURE OF ONE HUNDRED PARABLES	LI RONGXI	NT$180
SERIES OF VENERABLE MASTER HSING YUN'S LITERARY WORKS		AUTHER	PRICE
M101	HSING YUN'S CH'AN TALK（1）（星雲禪話1）	VEN. MASTER HSING YUN	NT$180
M102	HSING YUN'S CH'AN TALK（2）（星雲禪話2）	VEN. MASTER HSING YUN	NT$180
M103	HSING YUN'S CH'AN TALK（3）（星雲禪話3）	VEN. MASTER HSING YUN	NT$180
M104	HSING YUN'S CH'AN TALK（4）（星雲禪話4）	VEN. MASTER HSING YUN	NT$180
M105	HANDING DOWN THE LIGHT（傳燈）	FU CHI-YING	NT$360 (US$14.95)
M106	CON SUMO GUSTO（心甘情願西班牙文版）	VEN. MASTER HSING YUN	NT$100

訂購辦法：
- 請向全省各大書局、佛光書局選購。
- 利用郵政劃撥訂購：郵劃帳號18889448　戶名：佛光文化事業有限公司
- 國內讀者郵購800元以下者，加付掛號郵資30元。
- 價格如有更動，以版權頁爲準。國外讀者，郵資請自付。
- 團體訂購，另有優惠：100本以上　8折
　100本～500本　7折
　501本以上　6折

8805	僧伽的光輝（漫畫）	黃耀傑等繪	150
8806	南海觀音大士（漫畫）	許貿淞 繪	300
8807	玉琳國師（漫畫）	劉素珍等繪	200
8808	七譬喻（漫畫）	黃麗娟 繪	180
8809	鳩摩羅什（漫畫）	黃耀傑等繪	160
8811	金山活佛（漫畫）	黃壽忠 繪	270
8812	隱形佛（漫畫）	郭幸鳳 繪	180
8813	漫畫心經	蔡志忠 繪	140
8814	畫說十大弟子（上）（漫畫）	郭豪允 繪	270
8815	畫說十大弟子（下）（漫畫）	郭豪允 繪	270
8900	槃達龍王（漫畫）	黃耀傑等繪	120
8901	富人與龜（漫畫）	鄧博文等繪	120
8902	金盤（漫畫）	張乃元等繪	120
8903	捨身的兔子（漫畫）	洪義男 繪	120
8904	彌蘭遊記（漫畫）	蘇晉儀 繪	80
8905	不愛江山的國王（漫畫）	蘇晉儀 繪	80
8906	鬼子母（漫畫）	余明苑 繪	120
	工具叢書	**著者**	**定價**
9000	雜阿含經・全四冊 （精）	佛光山編（恕不退貨）	2000
9016	阿含藏・全套附索引共17冊 （精）	佛光山編（恕不退貨）	8000
9067	禪藏・全套附索引共51冊 （精）	佛光山編（恕不退貨）	36,000
9109	般若藏・全套附索引共42冊 （精）	佛光山編（恕不退貨）	30,000
9110	淨土藏・全套附索引共33冊 （精）	佛光山編（恕不退貨）	25,000
9201B	佛光大辭典 （精）	佛光山編（恕不退貨）	6000
9300	佛教史年表	佛光文化編	450
9501	世界佛教青年會1985年學術會議實錄	佛光山 編	400
9502	世界顯密佛學會議實錄	佛光山編 中、英文版	500
9503	世界佛教徒友誼會第十六屆大會 佛光山美國西來寺落成典禮暨傳戒法會紀念特刊	佛光山編 英文版	500
9504	世界佛教徒友誼會第十六屆大會 暨世界佛教青年友誼會第七屆大會實錄	佛光山 編	紀念藏
9505	佛光山1989年國際禪學會議實錄	佛光山 編	紀念藏
9506	佛光山1990年佛教學術會議實錄	佛光山 編	紀念藏
9507	佛光山1990年國際佛教學術會議論文集	佛光山 編	紀念藏
9508	佛光山1991年國際佛教學術會議論文集	佛光山 編	紀念藏
9509	世界佛教徒友誼會第十八屆大會 世界佛教青年友誼會第九屆大會 會議實錄	佛光山 編	紀念藏
9511	世界傑出婦女會議特刊	佛光山 編	紀念藏
9600	跨世紀的悲欣歲月 走過台灣佛教五十年寫眞（精）		1500
9700	抄經本	佛光山 編	100
9701	般若波羅蜜多心經抄經本	潘慶忠 書	100
9702	佛說阿彌陀經抄經本	戴 德 書	100
9703	妙法蓮華經觀世音菩薩普門品抄經本	戴 德 書	100
9704	八大人覺經抄經本	鄭公勛 書	100

9705	金剛經抄經本	鄭公勛 書	100
9706	心經（隸書本）抄經本	鄭公勛 書	100
	法器文物	**著者**	**定價**
0900	陀羅尼經被（單）	佛光文化製	1000
0901	陀羅尼經被（雙）（有襯底）	佛光文化製	2000
0950	佛光山風景明信片（一套）	佛光文化製	60

8011	佛教說話文學全集（一）	劉欣如改寫	150
8012	佛教說話文學全集（二）	劉欣如改寫	150
8014	佛教說話文學全集（四）	劉欣如改寫	150
8015	佛教說話文學全集（五）	劉欣如改寫	150
8017	佛教說話文學全集（七）	劉欣如改寫	150
8018	佛教說話文學全集（八）	劉欣如改寫	150
8019	佛教說話文學全集（九）	劉欣如改寫	150
8020	佛教說話文學全集（十）	劉欣如改寫	150
8021	佛教說話文學全集（十一）	劉欣如改寫	150
8022	人生禪（三）	方 杞 著	140
8023	人生禪（四）	方 杞 著	140
8024	紅樓夢與禪	圓 香 著	150
8025	回歸佛陀的時代	張培耕 著	100
8026	佛蹤萬里紀遊	張培耕 著	100
8028	一鉢山水綠	釋宏意 著	120
8029	人生禪（五）	方 杞 著	140
8030	人生禪（六）	方 杞 著	140
8031	人生禪（七）	方 杞 著	140
8032	人生禪（八）	方 杞 著	140
8033	人生禪（九）	方 杞 著	140
8034	人生禪（十）	方 杞 著	140
8035	擦亮心燈—武俠影后鄭佩佩的學佛路	鄭佩佩 著	180
8036	豐富小宇宙	王靜蓉 著	170
8037	與心對話	釋依昱 著	180
8100	僧伽（佛教散文選第一集）	簡 媜等著	120
8101	情緣（佛教散文選第二集）	琦 君等著	120
8102	半是青山半白雲（佛教散文選第三集）	林清玄等著	150
8103	宗月大師（佛教散文選第四集）	老 舍等著	120
8104	大佛的沉思（佛教散文選第五集）	許墨林等著	140
8200	悟（佛教小說選第一集）	孟 瑤等著	120
8201	不同的愛（佛教小說選第二集）	星雲大師等著	120
8204	蟠龍山（小說）	康 白 著	120
8205	緣起緣滅（小說）	康 白 著	150
8207	命命鳥（佛教小說選第五集）	許地山等著	140
8208	天寶寺傳奇（佛教小說選第六集）	姜天民等著	140
8209	地獄之門（佛教小說選第七集）	陳望塵等著	140
8210	黃花無語（佛教小說選第八集）	程乃珊等著	140
8211	華雲奇緣〈新心武俠1〉（小說）	李芳益 著	220
8215	幸福的光環（小說）	沈 玲 著	220
8220	心靈的畫師（小說）	陳慧劍 著	100
8300	佛教聖歌集	佛光文化編	300

8301	童韻心聲	高惠美等編	120
8302	向寧靜的心河出航	夐 虹 著	160
8303	利器之輪—修心法要	法護大師著 釋永楷、釋滿華譯	160
8350	絲路上的梵歌	梁丹丰 著	170
8500	禪話禪畫	星雲大師著 高爾泰、蒲小雨繪	750
8550	諦聽（筆記書1）	王靜蓉等著	160
8551	感動的世界（筆記書2）—星雲大師的生活智慧	佛光文化編	180
8552	慈悲的智慧（筆記書3）—星雲大師的生命風華	佛光文化編	180
8553	生活禪心（筆記書4）—星雲大師的處世錦囊	佛光文化編	180
童話漫畫叢書		**著者**	**定價**
8601	童話書（第一輯）（共五本）（精）	釋宗融 編	700
8602	童話書（第二輯）（共五本）（精）	釋宗融 編	850
8612	童話畫（第二輯）（共五本）（精）	釋心寂 編	350
8621-01	窮人逃債・阿凡和黃鼠狼（精）	潘人木・周慧珠改寫 林鴻堯繪	220
8621-02	半個銅錢・水中撈月（精）	洪志明改寫 洪義男繪	220
8621-03	王大寶買東西・不簡單先生（精）	管家琪改寫 龔雲鵬繪	220
8621-04	睡半張床的人・陶器師傅（精）	洪志明改寫 林傳宗繪	220
8621-05	多多的羊・只要蓋三樓（精）	黃淑萍改寫 巫筱芳繪	220
8621-06	甘蔗汁澆甘蔗・好味道變苦味道（精）	謝武彰改寫 王金選繪	220
8621-07	兩兄弟・大呆吹牛（精）	管家琪改寫 陳維霖繪	220
8621-08	遇鬼記・好吃的梨（精）	洪志明改寫 官月淑繪	220
8621-09	阿威和強盜・花鴿子與灰鴿子（精）	黃淑萍改寫 孫淑萍繪	220
8621-10	誰是大笨蛋・小猴子認爸爸（精）	方素珍改寫 鍾偉明繪	220
8621-11	偷牛的人・猴子扔豆子（精）	林 良改寫 曹俊彥繪	220
8621-12	只要吃半個・小黃狗種饅頭（精）	方素珍改寫 黃淑英繪	220
8621-13	大西瓜・阿土伯種麥（精）	陳木城改寫 洪義男繪	220
8621-14	半夜鬼推鬼・小白和小烏龜（精）	謝武彰改寫 劉伯樂繪	220
8621-15	蔡寶不洗澡・阿土和駱駝（精）	王金選改寫 王福鈞繪	220
8621-16	看門的人・砍樹摘果子（精）	潘人木改寫 趙國宗繪	220
8621-17	愚人擠驢奶・顛三和倒四（精）	馬景賢改寫 仉桂芳繪	220
8621-18	分大餅・最寶貴的東西（精）	杜榮琛改寫 董晶玲繪	220
8621-19	黑馬變白馬・銀鉢在哪裡（精）	釋慧慶等改寫 李瑾倫等繪	220
8621-20	樂昏了頭・沒腦袋的阿福（精）	周慧珠改寫 林鴻堯繪	220
8700	新編佛教童話集（一）～（七）（一套）	摩 迦等著	600
8702	佛教故事大全（上）（精）	釋慈莊等著	250
8703	化生王子（童話）	釋宗融 著	150
8704	佛教故事大全（下）（精）	釋慈莊等著	250
8800	佛陀的一生（漫畫）	TAKAHASHI著 釋慧熙譯	120
8801	大願地藏王菩薩畫傳（漫畫）	許貿淞 繪	300
8803	極樂與地獄（漫畫）	釋心寂 繪	180
8804	王舍城的故事（漫畫）	釋心寂 繪	250

5600	一句偈（一）	星雲大師等著	150
5601	一句偈（二）	鄭石岩等著	150
5602	善女人	宋雅姿等著	150
5603	善男子	傅偉勳等著	150
5604	生活無處不是禪	鄭石岩等著	150
5605	佛教藝術的傳人	陳清香等著	160
5606	與永恆對唱— 細說當代傳奇人物	釋永芸等著	160
5607	疼惜阮青春— 琉璃人生①	王靜蓉等著	150
5608	三十三天天外天— 琉璃人生②	林清玄等著	150
5609	平常歲月平常心— 琉璃人生③	薇薇夫人等著	150
5610	九霄雲外有神仙— 琉璃人生④	夏元瑜等著	150
5611	生命的活水（一）	陳履安等著	160
5612	生命的活水（二）	高希均等著	160
5613	心行處滅— 禪宗的心靈治療個案	黃文翔 著	150
5614	水晶的光芒（上）	王靜蓉・葛婉章・仲南萍等著	200
5615	水晶的光芒（下）	梁寒衣・宋芳綺・潘煊 等著	200
5616	全新的一天	廖輝英・柏楊等著	150
5700	譬喻	釋性瀅 著	120
5701	星雲說偈（一）	星雲大師 著	150
5702	星雲說偈（二）	星雲大師 著	150
5707	經論指南— 藏經序文選譯	圓 香等著	200
5800	1976年佛學研究論文集	東初長老等著	350
5801	1977年佛學研究論文集	楊白衣等著	350
5802	1978年佛學研究論文集	印順長老等著	350
5803	1979年佛學研究論文集	霍韜晦等著	350
5804	1980年佛學研究論文集	張曼濤等著	350
5805	1981年佛學研究論文集	程兆熊等著	350
5806	1991年佛學研究論文集	鎌田茂雄等著	350
5807	1992年佛學研究論文集— 中國歷史上的佛教問題		400
5808	1993年佛學研究論文集— 佛教未來前途之開展		350
5809	1994年佛學研究論文集— 佛與花		400
5810	1995年佛學研究論文集— 佛教現代化		400
5811	1996年佛學研究論文集(一)：當代台灣的社會與宗教		350
5812	1996年佛學研究論文集(二)：當代宗教理論的省思		350
5813	1996年佛學研究論文集(三)：當代宗教的發展趨勢		350
5814	1996年佛學研究論文集(四)：佛教思想的當代詮釋		350
5815	1993年佛學研究論文集 BUDDHISM ACROSS BOUNDARIES		350
5816	1998年佛學研究論文集— 佛教音樂		350
5900	佛教歷史百問	業露華 著	180
5901	佛教文化百問	何 雲 著	180
5902	佛教藝術百問	丁明夷等著	180

5904	佛教典籍百問	方廣錩 著	180
5905	佛教密宗百問	李冀誠等著	180
5906	佛教氣功百問	陳 兵 著	180
5907	佛教禪宗百問	潘桂明 著	180
5908	道教氣功百問	陳 兵 著	180
5909	道教知識百問	盧國龍 著	180
5911	禪詩今譯百首	王志遠等著	180
5912	印度宗教哲學百問	姚衛群 著	180
5913	基督教知識百問	樂 峰等著	180
5914	伊斯蘭教歷史百問	沙秋眞等著	180
5915	伊斯蘭教文化百問	馮今源等著	180
	儀制叢書	**著者**	**定價**
6000	宗教法規十講	吳堯峰 著	400
6001	梵唄課誦本	佛光文化編	50
6500	中國佛教與社會福利事業	道端良秀著 關世謙譯	100
6700	無聲息的歌唱	星雲大師著	100
	用世叢書	**著者**	**定價**
7501	佛光山靈異錄（一）	釋依空等著	100
7502	怎樣做個佛光人	星雲大師講	50
7505	佛光山開山二十週年紀念特刊	佛光山 編	(精) 紀念藏
7510	佛光山開山三十週年紀念特刊	佛光山 編	(精) 紀念藏
7511	一九九八年印度菩提伽耶國三壇大戒戒會特刊		紀念藏
7512	佛光山開山三十一週年年鑑	佛光山 編	6000
7700	念佛四大要訣	戀西大師著	80
7800	跨越生命的藩籬— 佛教生死學	吳東權等著	150
7801	禪的智慧VS現代管理	蕭武桐 著	150
7802	遠颺的梵唱— 佛教在亞細亞	鄭振煌等著	160
7803	如何解脫人生病苦—佛教養生學	胡秀卿 著	150
7804	人生雙贏的磐石	蕭武桐 著	200
	藝文叢書	**著者**	**定價**
8000	覷紅塵	方 杞 著	120
8001	以水爲鑑	張培耕 著	100
8002	萬壽日記	釋慈怡 著	80
8003	敬告佛子書	釋慈嘉 著	150
8004	善財五十三參	鄭秀雄 著	180
8005	第一聲蟬嘶	忻 愉 著	100
8006	聖僧與賢王對答錄	釋依淳 著	250
8007	禪的修行生活— 雲水日記	佐藤義英著 周淨儀譯	180
8008	生活的廟宇	王靜蓉 著	120
8009	人生禪（一）	方 杞 著	140
8010	人生禪（二）	方 杞 著	140

3615	湛然大師傳（中國佛教高僧全集44）	姜光斗 著	250
3636	道信大師傳（中國佛教高僧全集45）	劉 燕 著	250
3700	日本禪僧涅槃記（上）	曾普信 著	150
3701	日本禪僧涅槃記（下）	曾普信 著	150
3702	仙崖禪師軼事	石村善右著 周淨儀譯	100
3900	印度佛教史概說	佐佐木教悟等著 釋達和譯	200
3901	韓國佛教史	愛宕顯昌著 轉瑜譯	100
3902	印度教與佛教史綱（一）	查爾斯・埃利奧特著 李榮熙譯	300
3903	印度教與佛教史綱（二）	查爾斯・埃利奧特著 李榮熙譯	300
3905	大史（上）	摩訶那摩等著 韓廷傑譯	350
3906	大史（下）	摩訶那摩等著 韓廷傑譯	350
	教理叢書	**著者**	**定價**
4002	中國佛教哲學名相選釋	吳汝鈞 著	140
4003	法相	釋慈莊 著	250
4200	佛教中觀哲學	梶山雄一著 吳汝鈞譯	140
4201	大乘起信論講記	方 倫 著	140
4202	觀心・開心—大乘百法明門論解說1	釋依昱 著	220
4203	知心・明心—大乘百法明門論解說2	釋依昱 著	200
4205	空入門	梶山雄一著 釋依馨譯	170
4302	唯識思想要義	徐典正 著	140
4700	眞智慧之門	侯秋東 著	140
	文選叢書	**著者**	**定價**
5001	星雲大師講演集（一）（精）	星雲大師 著	300
5004	星雲大師講演集（四）（精）	星雲大師 著	300
5101B	石頭路滑 星雲禪話（一）	星雲大師 著	200
5102B	沒時間老 星雲禪話（二）	星雲大師 著	200
5103	星雲禪話（三）	星雲大師 著	150
5103B	活得快樂 星雲禪話（三）	星雲大師 著	200
5104	星雲禪話（四）	星雲大師 著	150
5104B	大機大用 星雲禪話（四）	星雲大師 著	200
5107B	圓滿人生 星雲法語（一）	星雲大師 著	200
5108B	成功人生 星雲法語（二）	星雲大師 著	200
5113	心甘情願—星雲百語（一）	星雲大師 著	100
5114	皆大歡喜—星雲百語（二）	星雲大師 著	100
5115	老二哲學—星雲百語（三）	星雲大師 著	100
5201	星雲日記（一）— 安然自在	星雲大師 著	150
5202	星雲日記（二）— 創造全面的人生	星雲大師 著	150
5203	星雲日記（三）— 不負西來意	星雲大師 著	150
5204	星雲日記（四）— 凡事超然	星雲大師 著	150
5205	星雲日記（五）— 人忙心不忙	星雲大師 著	150
5206	星雲日記（六）— 不請之友	星雲大師 著	150

5207	星雲日記（七）— 找出內心平衡點	星雲大師 著	150
5208	星雲日記（八）— 慈悲不是定點	星雲大師 著	150
5209	星雲日記（九）— 觀心自在	星雲大師 著	150
5210	星雲日記（十）— 勤耕心田	星雲大師 著	150
5211	星雲日記（十一）— 菩薩情懷	星雲大師 著	150
5212	星雲日記（十二）— 處處無家處處家	星雲大師 著	150
5213	星雲日記（十三）— 法無定法	星雲大師 著	150
5214	星雲日記（十四）— 說忙說閒	星雲大師 著	150
5215	星雲日記（十五）— 緣滿人間	星雲大師 著	150
5216	星雲日記（十六）— 禪的妙用	星雲大師 著	150
5217	星雲日記（十七）— 不二法門	星雲大師 著	150
5218	星雲日記（十八）— 把心找回來	星雲大師 著	150
5219	星雲日記（十九）— 談心接心	星雲大師 著	150
5220	星雲日記（二十）— 談空說有	星雲大師 著	150
5221S	星雲日記（二一）～（四四）（一套）	星雲大師 著	3600
5400	覺世論叢	星雲大師著	100
5401	寶藏瓔珞	林伯謙 著	250
5402	雲南大理佛教論文集	藍吉富等著	350
5403	湯用彤全集（一）	湯用彤 著	排印中
5404	湯用彤全集（二）	湯用彤 著	排印中
5405	湯用彤全集（三）	湯用彤 著	排印中
5406	湯用彤全集（四）	湯用彤 著	排印中
5407	湯用彤全集（五）	湯用彤 著	排印中
5408	湯用彤全集（六）	湯用彤 著	排印中
5409	湯用彤全集（七）	湯用彤 著	排印中
5410	湯用彤全集（八）	湯用彤 著	排印中
5411	我看美國人	釋慈容 著	250
5412	火燄化紅蓮—大悲觀世音	釋依瑞 著	200
5503	本生經的起源及其開展	釋依淳 著	200
5504	六波羅蜜的研究	釋依日 著	180
5505	禪宗無門關重要公案之研究	楊新瑛 著	150
5506	原始佛教四諦思想	聶秀藻 著	120
5507	般若與玄學	楊俊誠 著	150
5508	大乘佛教倫理思想研究	李明芳 著	120
5509	印度佛教蓮花紋飾之探討	郭乃彰 著	120
5511	佛教文學對中國小說的影響	釋永祥 著	120
5512	佛教的女性觀	釋永明 著	120
5513	盛唐詩與禪	姚儀敏 著	150
5514	禪宗思想的形成與發展	洪修平 著	350
5515	晚唐臨濟宗思想評述	杜寒風 著	220
5516	毫端舍利—弘一法師出家前後書法風格之比較	李璧苑 著	250

2201	佛與般若之眞義	圓　香 著	120	3602	法顯大師傳 (中國佛教高僧全集3)	陳白夜 著	250
2300	天台思想入門	鎌田茂雄著 轉瑜譯	180	3603	惠能大師傳 (中國佛教高僧全集4)	陳南燕 著	250
2301	宋初天台佛學窺豹	王志遠 著	150	3604	蓮池大師傳 (中國佛教高僧全集5)	項冰如 著	250
2401	談心說識	釋依昱 著	160	3605	鑑眞大師傳 (中國佛教高僧全集6)	傅　傑 著	250
2500	淨土十要（上）	蕅益大師 選	180	3606	曼殊大師傳 (中國佛教高僧全集7)	陳　星 著	250
2501	淨土十要（下）	蕅益大師 選	180	3607	寒山大師傳 (中國佛教高僧全集8)	薛家柱 著	250
2700	頓悟的人生	釋依空 著	150	3608	佛圖澄大師傳 (中國佛教高僧全集9)	葉　斌 著	250
2701	盛唐禪宗文化與詩佛王維	傅紹良 著	250	3609	智者大師傳 (中國佛教高僧全集10)	王仲堯 著	250
2800	現代西藏佛教	鄭金德 著	300	3610	寄禪大師傳 (中國佛教高僧全集11)	周維強 著	250
2801	藏學零墨	王　堯 著	150	3611	憨山大師傳 (中國佛教高僧全集12)	項　東 著	250
2803	西藏文史考信集	王　堯 著	240	3657	懷海大師傳 (中國佛教高僧全集13)	華鳳蘭 著	250
2805	西藏佛教之寶	許明銀 著	280	3661	法藏大師傳 (中國佛教高僧全集14)	王仲堯 著	250
	史傳叢書	**著者**	**定價**	3632	僧肇大師傳 (中國佛教高僧全集15)	張　強 著	250
3000	中國佛學史論	褚柏思 著	150	3617	慧遠大師傳 (中國佛教高僧全集16)	傅紹良 著	250
3001	唐代佛教—王法與佛法	外因斯坦著 釋依法譯	300	3679	道安大師傳 (中國佛教高僧全集17)	龔　雋 著	250
3002	中國佛教通史 第一冊	鎌田茂雄著 關世謙譯	250	3669	紫柏大師傳 (中國佛教高僧全集18)	張國紅 著	250
3003	中國佛教通史 第二冊	鎌田茂雄著 關世謙譯	250	3656	圜悟克勤大師傳 (中國佛教高僧全集19)	吳言生 著	250
3004	中國佛教通史 第三冊	鎌田茂雄著 關世謙譯	250	3676	安世高大師傳 (中國佛教高僧全集20)	趙福蓮 著	250
3005	中國佛教通史 第四冊	鎌田茂雄著 佛光文化譯	250	3681	義淨大師傳 (中國佛教高僧全集21)	王亞榮 著	250
3100	中國禪宗史話	褚柏思 著	120	3684	眞諦大師傳 (中國佛教高僧全集22)	李利安 著	250
3200	釋迦牟尼佛傳	星雲大師 著	180	3680	道生大師傳 (中國佛教高僧全集23)	楊維中 著	250
3201	十大弟子傳	星雲大師 著	150	3693	弘一大師傳 (中國佛教高僧全集24)	陳　星 著	250
3300	中國禪	鎌田茂雄著 關世謙譯	150	3671	讀體見月大師傳 (中國佛教高僧全集25)	溫金玉 著	250
3301	中國禪祖師傳（上）	曾普信 著	150	3672	僧祐大師傳 (中國佛教高僧全集26)	章義和 著	250
3302	中國禪祖師傳（下）	曾普信 著	150	3648	雲門大師傳 (中國佛教高僧全集27)	李安綱 著	250
3303	天台大師	宮崎忠尚著 周淨儀譯	130	3633	達摩大師傳 (中國佛教高僧全集28)	程世和 著	250
3304	十大名僧	洪修平等著	150	3667	懷素大師傳 (中國佛教高僧全集29)	劉明立 著	250
3305	人間佛教的星雲—星雲大師行誼（一）	佛光文化編	150	3688	世親大師傳 (中國佛教高僧全集30)	李安利 著	250
3400	玉琳國師	星雲大師 著	130	3625	印光大師傳 (中國佛教高僧全集31)	李向平 著	250
3401	緇門崇行錄	蓮池大師 著	120	3634	慧可大師傳 (中國佛教高僧全集32)	李修松 著	250
3402	佛門佳話	月基法師 著	150	3646	臨濟大師傳 (中國佛教高僧全集33)	吳言生 著	250
3403	佛門異記（一）	煮雲法師 著	180	3666	道宣大師傳 (中國佛教高僧全集34)	王亞榮 著	250
3404	佛門異記（二）	煮雲法師 著	180	3643	趙州從諗大師傳 (中國佛教高僧全集35)	陳白夜 著	250
3405	佛門異記（三）	煮雲法師 著	180	3662	清涼澄觀大師傳 (中國佛教高僧全集36)	李恕豪 著	250
3406	金山活佛	煮雲法師 著	130	3678	佛陀耶舍大師傳 (中國佛教高僧全集37)	張新科 著	250
3408	弘一大師與文化名流	陳　星 著	150	3690	馬鳴大師傳 (中國佛教高僧全集38)	侯傳文 著	250
3500	皇帝與和尚	煮雲法師 著	130	3640	馬祖道一大師傳 (中國佛教高僧全集39)	李　浩 著	250
3501	人間情味豐子愷	陳　星 著	250	3663	圭峰宗密大師傳 (中國佛教高僧全集40)	徐湘靈 著	250
3502	豐子愷的藝術世界	陳　星 著	160	3620	曇鸞大師傳 (中國佛教高僧全集41)	傅紹良 著	250
3600	玄奘大師傳 (中國佛教高僧全集1)	圓　香 著	350	3642	石頭希遷大師傳 (中國佛教高僧全集42)	劉眞倫 著	250
3601	鳩摩羅什大師傳 (中國佛教高僧全集2)	宣建人 著	250	3658	來果大師傳 (中國佛教高僧全集43)	姚　華 著	250

1178	楞嚴經	李富華釋譯	200
1179	金剛頂經	夏金華釋譯	200
1180	大佛頂首楞嚴經	圓　香　著	不零售
1181	成實論	陸玉林釋譯	200
1182	俱舍要義	楊白衣　著	200
1183	佛說梵網經	季芳桐釋譯	200
1184	四分律	溫金玉釋譯	200
1185	戒律學綱要	釋聖嚴　著	不零售
1186	優婆塞戒經	釋能學　著	不零售
1187	六度集經	梁曉虹釋譯	200
1188	百喻經	屠友祥釋譯	200
1189	法句經	吳根友釋譯	200
1190	本生經的起源及其開展	釋依淳　著	不零售
1191	人間巧喻	釋依空　著	200
1192	大乘本生心地觀經	圓　香　著	不零售
1193	南海寄歸內法傳	華　濤釋譯	200
1194	入唐求法巡禮記	潘　平釋譯	200
1195	大唐西域記	王邦維釋譯	200
1196	比丘尼傳	朱良志·詹緒左釋譯	200
1197	弘明集	吳　遠釋譯	200
1198	出三藏記集	呂有祥釋譯	200
1199	牟子理惑論	梁慶寅釋譯	200
1200	佛國記	吳玉貴釋譯	200
1201	宋高僧傳	賴永海·張華釋譯	200
1202	唐高僧傳	賴永海釋譯	200
1203	梁高僧傳	賴永海釋譯	200
1204	異部宗輪論	姚治華釋譯	200
1205	廣弘明集	鞏本棟釋譯	200
1206	輔教編	張宏生釋譯	200
1207	釋迦牟尼佛傳	星雲大師著	不零售
1208	中國佛教名山勝地寺志	林繼中釋譯	200
1209	敕修百丈清規	謝重光釋譯	200
1210	洛陽伽藍記	曹　虹釋譯	200
1211	佛教新出碑志集粹	丁明夷釋譯	200
1212	佛教文學對中國小說的影響	釋永祥　著	不零售
1213	佛遺教三經	藍　天釋譯	200
1214	大般涅槃經	高振農釋譯	200
1215	地藏本願經外二部	陳利權·伍玲玲釋譯	200
1216	安般守意經	杜繼文釋譯	200
1217	那先比丘經	吳根友釋譯	200
1218	大毘婆沙論	徐醒生釋譯	200
1219	大乘大義章	陳揚炯釋譯	200
1220	因明入正理論	宋立道釋譯	200
1221	宗鏡錄	潘桂明釋譯	200
1222	法苑珠林	王邦維釋譯	200
1223	經律異相	白化文·李鼎霞釋譯	200
1224	解脫道論	黃夏年釋譯	200
1225	雜阿毘曇心論	蘇　軍釋譯	200
1226	弘一大師文集選要	弘一大師　著	200
1227	滄海文集選集	釋幻生　著	200
1228	勸發菩提心文講話	釋聖印　著	不零售
1229	佛經概說	釋慈惠　著	200
1230	佛教的女性觀	釋永明　著	不零售
1231	涅槃思想研究	張曼濤　著	不零售
1232	佛學與科學論文集	梁乃崇等　著	200
1300	法華經教釋	太虛大師　著	350
1301	觀世音菩薩普門品講話	森下大圓著 星雲大師譯	150
1600	華嚴經講話	鎌田茂雄著 釋慈怡譯	220
1700	六祖壇經註釋	唐一玄　著	180
1800	金剛經及心經釋義	張承斌　著	100
1805	金剛般若波羅蜜經講話	釋竺摩　著	150
	概論叢書	**著者**	**定價**
2000	八宗綱要	凝然大德著 鎌田茂雄日譯 關世謙中譯	200
2001	佛學概論	蔣維喬　著	130
2002	佛教的起源	楊曾文　著	130
2003	佛道詩禪	賴永海　著	180
2004	中國佛教百科叢書— 經典卷	陳士強　著	350
2005	中國佛教百科叢書— 教義卷	業露華　著	250
2006	中國佛教百科叢書— 歷史卷	潘桂明·董群 麻天祥著	350
2007	中國佛教百科叢書— 宗派卷	潘桂明　著	320
2008	中國佛教百科叢書— 人物卷	董　群　著	320
2009	中國佛教百科叢書— 儀軌卷	楊維中·楊明·陳利權·吳洲 著	300
2010	中國佛教百科叢書— 詩偈卷	張宏生　著	280
2011	中國佛教百科叢書— 書畫卷	章利國　著	300
2012	中國佛教百科叢書— 建築卷	鮑家聲·蕭玥著	250
2013	中國佛教百科叢書— 雕塑卷	劉道廣　著	250
2100	佛家邏輯研究	霍韜晦　著	150
2101	中國佛性論	賴永海　著	250
2102	中國佛教文學	加地哲定著 劉衛星譯	180
2103	敦煌學	鄭金德　著	180
2104	宗教與日本現代化	村上重良著 張大柘譯	150
2200	金剛經靈異	張少齊　著	140

佛光文化叢書目錄

◎價格如有更動，以版權頁為準

經典叢書		著者	定價	1137	星雲禪話	星雲大師 著	200
1000	八大人覺經十講	星雲大師著	120	1138	禪話與淨話	方 倫 著	200
1001	圓覺經自課	唐一玄 著	120	1139	釋禪波羅蜜次第法門	黃連忠 著	200
1002	地藏經講記	釋依瑞 著	250	1140	般舟三昧經	吳立民・徐蓀銘釋譯	200
1005	維摩經講話	釋竺摩 著	300	1141	淨土三經	王月清釋譯	200
1101	中阿含經	梁曉虹釋譯	200	1142	佛說彌勒上生下生經	業露華釋譯	200
1102	長阿含經	陳永革釋譯	200	1143	安樂集	業露華釋譯	200
1103	增一阿含經	耿 敬釋譯	200	1144	萬善同歸集	袁家耀釋譯	200
1104	雜阿含經	吳 平釋譯	200	1145	維摩詰經	賴永海釋譯	200
1105	金剛經	程恭讓釋譯	200	1146	藥師經	陳利權・釋竺摩等譯	200
1106	般若心經	程恭讓・東初長老釋譯	不零售	1147	佛堂講話	道源法師 著	200
1107	大智度論	郟廷礎釋譯	200	1148	信願念佛	印光大師著	200
1108	大乘玄論	邱高興釋譯	200	1149	精進佛七開示錄	煮雲法師 著	200
1109	十二門論	周學農釋譯	200	1150	往生有分	妙蓮長老 著	200
1110	中論	韓廷傑釋譯	200	1151	法華經	董 群釋譯	200
1111	百論	強 昱釋譯	200	1152	金光明經	張文良釋譯	200
1112	肇論	洪修平釋譯	200	1153	天台四教儀	釋永本釋譯	200
1113	辯中邊論	魏德東釋譯	200	1154	金剛錍	王志遠釋譯	200
1114	空的哲理	道安法師 著	200	1155	教觀綱宗	王志遠釋譯	200
1115	金剛經講話	星雲大師 著	200	1156	摩訶止觀	王雷泉釋譯	200
1116	人天眼目	方 銘釋譯	200	1157	法華思想	平川彰等著	200
1117	大慧普覺禪師語錄	潘桂明釋譯	200	1158	華嚴經	高振農釋譯	200
1118	六祖壇經	李 申釋譯	200	1159	圓覺經	張保勝釋譯	200
1119	天童正覺禪師語錄	杜寒風釋譯	200	1160	華嚴五教章	徐紹強釋譯	200
1120	正法眼藏	董 群釋譯	200	1161	華嚴金師子章	方立天釋譯	200
1121	永嘉證道歌・信心銘	何勁松・釋弘儒釋譯	200	1162	華嚴原人論	李錦全釋譯	200
1122	祖堂集	葛兆光釋譯	200	1163	華嚴學	龜川教信著・釋印海譯	200
1123	神會語錄	邢東風釋譯	200	1164	華嚴經講話	鎌田茂雄著・釋慈怡譯	不零售
1124	指月錄	吳相洲釋譯	200	1165	解深密經	程恭讓釋譯	200
1125	從容錄	董 群釋譯	200	1166	楞伽經	賴永海釋譯	200
1126	禪宗無門關	魏道儒釋譯	200	1167	勝鬘經	王海林釋譯	200
1127	景德傳燈錄	張 華釋譯	200	1168	十地經論	魏常海釋譯	200
1128	碧巖錄	任澤鋒釋譯	200	1169	大乘起信論	蕭蓮父釋譯	200
1129	緇門警訓	張學智釋譯	200	1170	成唯識論	韓廷傑釋譯	200
1130	禪林寶訓	徐小躍釋譯	200	1171	唯識四論	陳 鵬釋譯	200
1131	禪林象器箋	杜曉勤釋譯	200	1172	佛性論	龔 雋釋譯	200
1132	禪門師資承襲圖	張春波釋譯	200	1173	瑜伽師地論	王海林釋譯	200
1133	禪源諸詮集都序	閻 韜釋譯	200	1174	攝大乘論	王 健釋譯	200
1134	臨濟錄	張伯偉釋譯	200	1175	唯識史觀及其哲學	釋法舫 著	不零售
1135	來果禪師語錄	來果禪師 著	200	1176	唯識三頌講記	于凌波 著	200
1136	中國佛學特質在禪	太虛大師 著	200	1177	大日經	呂建福釋譯	200

佛光經典叢書 1159

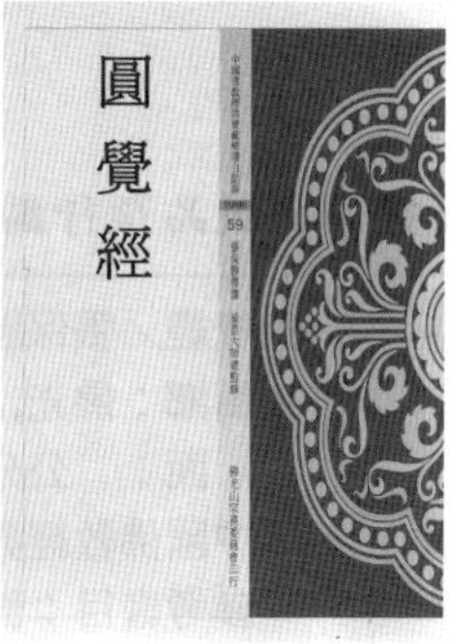

中國佛教經典寶藏 精選白話版・圓覺經

總監修　星雲大師
發行人　佛光山宗務委員會
心定和尚　慈莊法師　慈惠法師　慈容法師　慈嘉法師
依嚴法師　依恒法師　依空法師　依淳法師
一九九六年八月初版
二〇〇〇年一月初版四刷

總編輯　慈惠法師　依空法師(台灣)；王志遠　賴永海(大陸)
總連絡　吉廣輿　王淑慧
釋譯者　張保勝
美術編輯　陳婉玲
法律顧問　蘇盈貴　舒建中　毛英富律師
出版者　佛光文化事業有限公司
台北縣三重市三和路三段一一七號　☎(〇二)二九八〇〇二六〇
E-mail:fgce@ms25.hinet.net
網址：http://www.foguang-culture.com.tw/
高雄縣大樹鄉佛光山寺(高雄辦事處)　☎(〇七)六五六四〇三八—九
流通處　佛光山寺
高雄縣大樹鄉佛光山寺　☎(〇七)六五六一九二一—八
佛光書局
高雄市前金區賢中街二七號　☎(〇七)二七二八六四九
台北市忠孝西路一段七二號九樓之十四　☎(〇二)二三一四四六五九
台北市汀州路三段一八八號二樓之四　☎(〇二)二三六五一八二六
台北縣三重市三和路三段一一七號　☎(〇二)二九八四九五二三
定價　二〇〇元
印刷　沈氏藝術印刷股份有限公司　☎(〇二)二二七〇六一六一
郵政劃撥第一八八八九四四八號　帳戶：佛光文化事業有限公司
行政院新聞局出版事業登記證局版台省業字第八六二號